...smo. ...nterno que encontré en *La pasión de Darius*. ¡Me encantaron tantas cosas de este libro! Me llegó de verdad y se me quedó agarrado al corazón hasta hacerme reír y llorar por los dos protagonistas».

The Bookish Snob

«Me ha encantado absolutamente esta novela histórica de Raine Miller... Adoro a Darius, dominante pero cariñoso, y sensible y encantador además. Como siempre con cualquier libro de Raine Miller, no me decepcionó. ¡Muy recomendable!».

Becca The Bibliophile

«Es una novela "histórica" ambientada a finales de la década de 1830, pero no sentí que esto obstaculizara la historia de ninguna manera, sino que creo que he encontrado un nuevo género al que amar y por el que dejarme embelesar... ¡los romances históricos! ¡Gracias, Raine!».

Between the Pages

«Solo diré que ha pasado bastante tiempo desde que de verdad derramé algunas lágrimas leyendo un romance... Este libro es un tesoro».

Farah's Reviews

La pasión de Darius

La pasión de Darius

RAINE MILLER

Manderley

Título original: His Perfect Passion

© 2013 Raine Miller Romance. Todos los derechos reservados

© De la traducción: María José Losada, 2013

© De esta edición:

2014, Santillana USA Publishing Company, Inc.

2023 N.W. 84th Ave.

Doral, FL, 33122

Teléfono: (305) 591-9522

Fax: (305) 591-7473

www.pasionmanderley.com

Diseño de cubierta: María Pérez Aguilera

Fotografía de cubierta: Arcangel Images

Primera edición: mayo de 2014

ISBN: 978-1-62263-944-1

Printed in USA by HCI Printing

PRISA EDICIONES

Dedicado a mi hermosa familia

«He cruzado océanos de tiempo para encontrarte».

Drácula a Mina

Agradecimientos

Mi camino como escritora comenzó con este pequeño libro. Las voces me hablaban de tal manera que tuve que plasmarlas en papel. No sé muy bien cuándo se produjo esta mágica transformación, pero es lo que pasó con esta historia. Y por eso siempre estaré agradecida a estos amantes que encontraron su camino a través de mí. Darius es especial, además, por otra razón, y él sabe cuál es. Su nombre es la primera palabra de la primera historia que escribí y vio la luz del día. Y las primeras experiencias siempre son importantes.

Por si todavía no lo sabes, hay cierta conexión entre *La pasión de Darius* y la trilogía *El affaire Blackstone*. Los libros están conectados a través de las personas y el lugar con doscientos años de diferencia. En concreto, el tercer libro de la serie,

Sorprendida. Ahora solo tienes que leerlo para saber de qué manera.

Mi eterno agradecimiento a las fans que me escriben e inspiran para crear personajes con los que disfrutar, con los que compartir viajes de amor y odio, sufrimiento y madurez, redención y perdón. No hay nada mejor, ¿verdad?

Besos y abrazos.

XXOO Raine

Capítulo 1

La declaración

Costa de Somerset, 1837

Darius elegía estratégicamente su asiento en la iglesia cada domingo. Se sentaba cerca de ella, justo detrás a ser posible, para así poder embriagarse con el aroma que desprendía. Y sabía qué olor le envolvería, pues ya estaba familiarizado con su perfume. Flotaba hasta él aquella suave esencia a violetas que le excitaba y tranquilizaba a la vez. Mientras esperaba el instante en el que pudiera deleitarse hasta con el más pequeño recoveco de su cuerpo, se conformaba con el sencillo placer de inhalarla.

El cuello era su lugar favorito. Le gustaba mirar el punto en donde lo rozaban los mechones castaños que se habían escapado de su peinado. Aquello le llevaba a disfrutar de salvajes fantasías, con ella como principal protagonista, en las que la imaginaba con su pálida piel desnuda, solo cubierta por aquellas gloriosas ondas. Se veía a sí mismo peinándola y poniendo los labios en aquel sitio que quería saborear. Se recreaba en lo que supondría poseerla por completo. En lo suave y flexible que sería su cuerpo bajo el de él, duro y dominante, cuando se perdiera en su interior.

Desearla de esa manera no era nada nuevo; la anhelaba desde hacía mucho tiempo. Marianne suponía, para él, la perfección absoluta.

Pero a pesar de que Marianne era perfecta, su padre era idiota. El señor George era un hombre débil. Habiendo buscado consuelo en los licores tras la muerte de su esposa, había llevado a su familia al borde de la ruina con su inclinación por la bebida y los juegos de azar. Aunque, para sus planes, los pasos que daba aquel caballero eran bienvenidos. A pesar de que era un hombre muy paciente, creía que no tendría que esperar mucho más. Sería el padre de Marianne quien inclinara la balanza a su favor.

Marianne notó un hormigueo en la nuca y lo supo; él tenía los ojos clavados en ella otra vez. Miró a su alrededor en cuanto finalizó el servicio eclesiástico. Sí, sin lugar a dudas. Allí estaba, observándola fijamente, como si quisiera obligarla a que buscara sus oscuras pupilas.

Su padre le saludó con un educado gesto de cabeza.

—Buenos días, señor Rourke.

—Señor George. Señorita Marianne, está muy guapa hoy. —El señor Rourke fue amable con los dos, pero solo la miró a ella.

—Sí, señor, mi Marianne es muy guapa. Se parece a su madre, Dios la tenga en Su Gloria. —Se santiguó—. No encontrará muchacha más hermosa en toda la costa de Somerset —se jactó.

Ella se sintió tan mortificada que quiso esconderse bajo un banco de la iglesia. ¿Por qué decía su padre ese tipo de cosas? Aquella indisimulada artimaña para ofrecerla a un caballero rico como Darius Rourke era realmente impropia. Sintió que enrojecía.

—¡Papá, por favor! —Tiró del brazo de su padre para arrastrarlo lejos de allí, al tiempo que dirigía al señor Rourke una mirada de disculpa con la que pretendía comunicarle sin palabras lo mucho que lamentaba aquella grosería de su progenitor.

—¿Qué pasa, Marianne? ¿Acaso no puede querer un padre lo mejor para su hija? ¡Ese hombre te admira! Deberías alentarlo, muchacha. —Manifestaba su opinión casi a gritos mientras ella le alejaba del pequeño cementerio de la iglesia lo más rápido que podía. El señor Rourke tendría que estar sordo para no haberlo escuchado.

—¡*Shhh*, papá! —siseó. Se prometió a sí misma que no acudiría a la iglesia el domingo siguien-

te; no iba a poder sostener la mirada del señor Rourke después de una proclama tan bochornosa.

Sin embargo, algo la impulsó a darse la vuelta, sabiendo exactamente lo que le esperaba.

El señor Rourke no se había movido del sitio
y la observaba. En el instante en que lo miró, él
sonrió como si hubiera estado seguro en todo momento de que ella se daría la vuelta.

«¡Oh, Santo Dios! Acabaré en el infierno».

El señor Rourke era, como mínimo, diez
años mayor que ella. Hombre tranquilo y pausa-
do, poseía un aire de misterio que sugería un ca-
rácter intenso, aunque lo disimulaba bajo el
caballeroso comportamiento que correspondía a
un individuo de su posición. Parecía poseer una
sutil superioridad cuando entablaba negociacio-
nes con otra persona, algo que, aunque no era
perceptible en lo que decía o hacía, se intuía claramente. Ella lo consideraba bien parecido. Sus
marcados rasgos atraían a muchas mujeres. Alto
y esbelto, llenaba a la perfección las hombreras
de sus chaquetas de estilo europeo. La piel era un
poco más bronceada de lo que solía ser la de los
ingleses, con un matiz dorado que combinaba a
la perfección con su pelo y ojos oscuros. Era, sin
duda, muy guapo.

Pero, dejando a un lado cualquier atractivo
masculino que poseyera, Darius Rourke no era
para ella. Ningún hombre lo era.

No entendía por qué él se mostraba interesado en ella. Aunque su educación era todo lo respetable que se suponía en la hija de un caballero, su situación económica se había vuelto un tanto delicada durante los últimos años. Su dote había desaparecido hacía tiempo; su padre la había malgastado en alcohol y juegos de cartas. Se estremeció al pensar en la cantidad de deudas que habría contraído en sus correrías por la ciudad.

Y, aún así, cada vez que sus caminos se cruzaban, el señor Rourke mostraba una deferencia y cortesía exquisitas. Siempre se comportaba como un caballero, pero ella detectaba ciertas corrientes submarinas. Había algo en sus atenciones que la perturbaba mucho. Era como si él pudiera ver en su interior y leyera sus pensamientos. Cuando miraba en su dirección con aquellos brillantes ojos oscuros, se sentía expuesta y vulnerable; a punto de ser devorada… por él.

Su mirada era tan penetrante que incluso era posible que él fuera consciente de aquella necesidad suya. Después de un encuentro con él, acababa estremecida, jadeante y muy confusa.

El padre de Marianne tardó todavía un mes en sumirse en la ruina más absoluta. Aquello complació a Darius, pues ese hecho encajaba en sus planes como la última pieza en un puzle.

Había invitado a padre e hija a un picnic veraniego en su casa. Comerían al aire libre y recogerían fresas silvestres. La ocasión sería una oportunidad única. Habría más invitados, por supuesto; varios amigos y vecinos, como el señor Jeremy Greymont, los Rothvale, los Bleddington y los Carston.

Se sintió tan excitado ante el mero pensamiento de pasar tantas horas cerca de ella que controlar sus deseos se convirtió en todo un reto. Sí, la señorita Marianne George estaría en su casa ese mismo día y él era consciente de que la espera había terminado. Sin duda, ella pensaría que solo estaba acudiendo a un picnic, pero él tenía otros planes en mente para su Marianne.

«Sí, suya».

Su corazón se aceleró al pensarlo. Deseaba a Marianne y solo a ella, pues la consideraba perfecta, lo que impedía que pudiera fijarse en cualquier otra mujer. Ella le visitaba en sus sueños noche tras noche. Soñaba con poseerla, con reclamarla, con hacerle el amor. Se veía cubriéndola con su cuerpo, imaginaba lo que sería perderse en su interior… Aquellas fantasías se convertían siempre en escenas eróticas muy vívidas. Estaba tan obsesionado con ella que se veía asaltado por aquellos tórridos pensamientos incluso en pleno día.

Darius había regresado a Somerset seis meses antes, después de años de ausencia. Durante aquella larga separación había llegado a pensar que había logrado olvidarse de Marianne George, pero supo que se equivocaba en el momento en que volvió a verla.

Esperar a que creciera había resultado todo un sacrificio. La admiró durante años desde la distancia; Marianne siempre ocupaba un lugar en su mente, desde el que lo tentaba de manera despiadada. Ahora ella había madurado, convirtiéndose en una hermosa mujer que resultaba ser un buen partido para cualquier hombre, y estaba preparada para recibir una propuesta. Recordó su sedoso pelo oscuro, sus magníficos ojos azules y su exuberante figura… Pero no eran esas todas las razones por las que se sentía atraído por ella.

Para empezar, no se lanzaba sobre él como tantas otras señoritas. Marianne George era una mujer complicada y él estaba seguro de que comprendía cuál era la razón. Sí, esa joven poseía algo más que belleza, mucho más.

Estaba seguro de que en su interior ardía un fuego que esperaba ser liberado. Y sospechaba, además, que disfrutaría sometiéndose a él; que le atraería la idea de ser dominada. Para empezar, se había dado cuenta de que podía conseguir que clavara los ojos en él y que ella esperaba encontrar, sin duda, su mirada. La manera en que le observaba le fascinaba. Sus ojos ardían como brasas encendidas que estuvieran esperando a que una ráfaga de aire las convirtiera en una llama.

Sí, no podía estar más seguro; una suave dominación sería bien recibida por su parte. Y, si eso era lo que Marianne necesitaba, él sería quien se lo daría. Le ofrecería todo aquello que ella deseara.

Marianne notó que le ardían las mejillas, pero solo podía imaginar el profundo color de su sonrojo. El señor Rourke estaba sentado a su derecha, sobre la hierba, y ella sabía que estaba mirándola fijamente porque sentía un fuerte hormigueo en el cuello. Eso no era nada nuevo. Llevaban semanas jugando a aquello, pero tenía que ponerle fin ese mismo día.

Lo miró de soslayo. Sus ojos oscuros brillaban con intensidad. Él le sonrió como si eso fuera lo que esperara, que ella desviara la vista hacia su figura. Por esa razón trataba de clavar los ojos en cualquier otro punto.

—Hace un día precioso, señor Rourke. Ha elegido muy bien el momento en que celebrar el picnic.

—Sí…, es maravilloso —repuso él, deslizando la mirada sobre ella.

Marianne tuvo la impresión de que no estaba refiriéndose al clima y se sintió un poco tonta. Sería mucho mejor que se mantuviera callada antes de que salieran por su boca más disparates.

—Me alegro muchísimo de que esté aquí, señorita Marianne. Espero que esta sea solo la primera de otras muchas visitas.

Ella meneó la cabeza.

—Oh, no creo que...

—¡Ha llegado el momento de que vayamos a recoger fresas silvestres! Son más dulces si se recolectan cuando el sol está en lo alto —anunció al grupo la señorita Byrony Everley.

Consideró que la interrupción de su más estimada amiga resultaba especialmente oportuna.

—¡Byrony! La fiesta es del señor Rourke y es él quien debe decidir —la amonestó su madre.

—No se preocupe, lady Rothvale —se apresuró a decir Rourke, levantándose de la hierba—. No me siento ofendido en absoluto, y considero que la sugerencia de la señorita Byrony es muy apropiada. —Luego su voz adquirió un tono más profundo y pronunció las palabras más despacio—. Odiaría que la dulzura de las fresas se viera desperdiciada —concluyó, mirándola fijamente a los labios.

«¡Oh, santo Dios!».

Ella tragó saliva al tiempo que pensaba que se encontraba en un buen lío.

—Sería una tragedia dejar que se perdiera ese dulzor. —Él le tendió la mano para ayudarla a levantarse—. ¿No cree?

No podía rechazarle, y menos delante de todo el mundo. El señor Rourke era su anfitrión y sería una grosería no aceptar su compañía. Tomó su mano y fue consciente de su cálido agarre. En realidad, era más que calidez… Su piel estaba ardiendo. Cuando él tiró de ella y la ayudó a ponerse en pie sin esfuerzo, notó que le llegaba a la altura de la barbilla.

No pudo evitar alzar la vista para volver a contemplar sus brillantes ojos castaños. ¿Qué demonios le pasaba? No quería ser objeto del interés del señor Rourke. Darius Rourke la ponía muy nerviosa. La miraba de una manera que la hacía olvidarse de que no podía aceptar sus atenciones. Supuso que cada vez estaba más cerca el momento en el que tendría que decírselo. Sin embargo, en ese instante tomó la cesta que él le ofreció y le observó mientras se apropiaba de otra para sí mismo. Antes de que supiera lo que pasaba, la estaba guiando por el camino, con los demás, y había enlazado su brazo con el de él.

«¡Soy estúpida!».

Darius se sentía en el cielo, o lo más cerca que llegaría a estar de alcanzarlo nunca. Había conseguido tener a Marianne solo para él durante un rato. Poco a poco la había ido apartando de los demás, dirigiéndola hacia donde él quería, con idea de que así podría relajarse un poco. No se engañaba. Sabía que se mostraba tensa con él y se daba cuenta de que para que sus planes funcionaran tenía que ganarse su confianza.

Marianne siempre le había resultado fascinante. Admiró sus elegantes manos, observando cómo apartaba a un lado las hojas verdes para buscar los frutos rojos, y notó que separaba los labios un poco cada vez que encontraba alguna fresa escondida. El placer de contemplarla mientras comía algunas de las frutas fue un punto álgido para su libido. Tenía una boca muy hermosa.

—¡Oh! Aquí hay una zarzamora de las grandes —murmuró ella.

Él salió de su ensimismamiento para mirar con atención la punzante planta, justo a la altura de su hombro.

—Las zarzamoras son tan salvajes como la maleza, brotan cada año en un lugar nuevo, así que no me sorprende. —Notó que se le habían soltado algunos mechones errantes del peinado y que una hoja se había enredado en su pelo, justo encima de la oreja.

«¡Delicioso!».

Quiso capturar el lóbulo con los labios, lamer aquel punto con la lengua y conocer de primera mano su sabor. ¿A qué sabría ella? Tuvo que concentrarse para decir algo coherente.

—Pero es demasiado pronto todavía para recolectar moras. El mejor momento será a finales de julio, es cuando su jugo resulta más dulce. Podemos volver entonces —le aseguró.

Ella se puso rígida y se giró hacia él con el ceño fruncido.

—Señor Rourke, no quiero que imagine que…

—Mis palabras son solo una invitación para recoger moras, señorita Marianne, y me gustaría que viniera si es lo que usted desea. Solo en ese caso —la tranquilizó con suavidad, desarmándola con su respuesta. Notó e intuyó, al instante, que ella había lamentado su comentario. Lo supo con la misma certeza que si pudiera ver dentro de su cabeza.

—Por supuesto. —Ella deslizó sus ojos azules sobre su figura—. Por favor, olvide mi observación.

«Es imposible que olvide nada relativo a ti».

Él estiró la mano, incapaz de contenerse. Iba a tocarla. Ella notó su intención y reaccionó dando un paso atrás, fuera de su alcance. La siguió hasta que arrancó con habilidad la pequeña hoja seca que se había quedado prendida en su cabello.

La puso ante sus ojos.

—Se le había enredado en el pelo, ¿ve?

—¡Ah! —La vio suspirar aliviada—. G-gracias, señor Rourke. Creo que será mejor que regresemos —sugirió ella con suavidad, bajando la mirada.

El deseo de llevarla detrás de los matorrales y besarla hasta hacerla perder el sentido se apoderó de su mente, pero la cordura salió victoriosa.

—Como desee. —Le ofreció el brazo. No habían dado ni un paso cuando se escuchó el sonido de la tela rasgándose.

—¡Oh, maldición! ¡Se me ha enganchado el vestido en el matorral! —Ella se giró y trató de apartar el tallo espinoso de su falda.

—¡Cuidado! No vaya a ser que...

—¡Ay! —gimió ella.

—... se pinche.

La cesta de Marianne cayó al suelo cuando ella apretó la mano herida con la otra.

—A ver, déjeme echar un vistazo. —Tomó su mano para inspeccionarla. Había una enorme espina casi enterrada en la yema del dedo índice, una invasora línea negra en la pálida piel—. No se preocupe, yo se la quitaré. Quédese quieta y apriete el dedo entre otros dos. —Ella siguió sus indicaciones a la perfección y apenas se estremeció cuando él arrancó la espina. Se formó una gota de sangre oscura en la punta del dedo.

No pudo evitarlo. Su mente y su cuerpo funcionaban como entidades independientes y reaccionó sin pensar conscientemente cómo se tomaría ella su gesto. Antes de poder impedirlo, se llevó el dedo a los labios y chupó la sangre. El sabor metálico se esparció por su lengua y soltó un gemido... que fue seguido por el jadeo de horror que ella emitió antes de retirar el dedo.

—¡Señor Rourke! —le regañó, mirándole con el ceño fruncido antes de inclinarse para recoger la cesta de fresas.

Él esbozó una sonrisa de oreja a oreja y se inclinó para ayudarla a recoger los frutos rojos.

—Lo siento, le aseguro que no soy un vampiro.

Ella le lanzó una penetrante mirada.

—No parece demasiado contrito. Estoy segura de que, si cambiamos la palabra por demonio, no haría ese comentario.

Ella parecía avergonzada y enfadada con él, y resultaba tan adorable que tuvo que contenerse para no abrazarla, estrecharla contra su cuerpo y apoderarse de su boca. Dado el humor de la joven, si hiciera tal cosa en ese momento solo se ganaría una bofetada.

—Fue solo para detener la hemorragia. Lamento mucho su herida —aseguró—. Ahora, si se queda quieta, intentaré desenredar ese tallo espinoso de su falda.

La respiración de Marianne se aceleró mientras él llevaba a cabo la tarea. Le obedeció y se mantuvo inmóvil, pero su exuberante figura se estremecía con fuerza bajo las capas de tela. ¡Santo Dios! El sexo entre ellos sería… inmejorable. Se dijo a sí mismo que debía concentrarse en su meta. Y había llegado el momento de que ella conociera sus planes.

—Una vez que concluya el picnic, señorita Marianne, le he pedido a su padre que se queden un rato más. Tengo que discutir un asunto con él y me gustaría que usted también estuviera presente.

Ella asintió con la cabeza.

—Debemos regresar, señor Rourke. —Supo que ya no conseguiría nada más de ella…, por el momento.

—Por supuesto.

Marianne no volvió a hablar durante el resto de la fiesta. No le importó. Por ahora le bastaba con disfrutar de su cercanía.

—Aunque la cantidad a la que ascienden sus deudas es ruinosa, señor George, tengo una solución. Creo que la preferirá a acabar en la cárcel de deudores.

—¿Qué puedo hacer por usted, señor Rourke? —El señor George articulaba mal las palabras, seguramente por culpa de la cantidad de vino que había ingerido a lo largo del día.

—Quiero que me conceda la mano de Marianne. —La expresión de la joven fue de absoluta sorpresa ante la propuesta. Abrió los ojos como platos, separó los labios y emitió un jadeo ahogado. Perfecto—. Pagaré sus deudas, le pasaré una asignación y Marianne ocupará una posición respetable y cómoda como mi esposa.

—Por supuesto, señor Rourke. Tiene mi consentimiento. Marianne se casará con usted —convino ansiosamente el señor George.

—¡No! ¡Papá, no puedes hacerme esto! —Marianne le miró. Sus ojos despedían chispas azules—. Señor, no deseo casarme con usted. Decidí hace mucho tiempo que el matrimonio no entraba en mis planes. Su oferta es muy halagadora, pero no puedo aceptar.

«Cariño, tus emociones te traicionan. Te equivocas, yo tengo razón».

En aquel momento, con la espalda rígida, los ojos brillantes y las mejillas ruborizadas suponían una visión sin parangón. Sus pechos subían y bajaban con el ritmo de su respiración entrecortada; algunos mechones sueltos de su sedoso cabello ondulaban alrededor de su cara. Quiso apretar los labios contra su garganta y estrecharla contra su cuerpo. Ella podía insistir en que no deseaba casarse con él, pero no la creía. Solo tenía que hacerle ver la realidad, eso era todo. Podía conseguirlo. El arte de la persuasión era un don que poseía en abundancia. Supo por instinto que la mejor manera de llegar a ella era a través de su padre.

Bajó la voz para que sus palabras solo las escuchara ella.

—Señorita Marianne, ¿no resultaría un alivio deshacerse de sus problemas? ¿Permitir que sus preocupaciones y pesares estuvieran en otras manos? ¿En mis manos? No quiero que se sienta presionada para hacer algo que no quiere, pero mi oferta es sincera. Ha llegado el momento en que debo casarme y siento una profunda admiración por usted.

Permaneció en silencio mientras ella tragaba saliva, viendo cómo palpitaba su pulso en la base de la garganta.

—Creo que usted también es consciente de ello y sabe que es la mujer más adecuada para mí. Me encanta la manera en que se comporta…, su disposición. No es una mujer avariciosa.

Miró con desprecio al señor George.

—Sin embargo, es mi deber advertirla de que la deuda de su padre es importante. En cuestión de días les echarán de su casa y él será conducido a la cárcel de deudores. Pero usted no tiene por qué padecer tan horrible destino. Odio pensar en que pueda verse sometida a tan rudas condiciones porque, sí, Marianne, usted tendrá que acompañarle para cuidarlo. ¿Es eso lo que quiere? ¿Prefiere ir a prisión que casarse conmigo?

Él dejó caer las preguntas con suavidad, sabiendo perfectamente cómo apelar a su necesidad de guía en ese difícil momento.

—Creo que preferirá casarse conmigo, ¿verdad, Marianne?

—Señor, ¿por qué me hace esto? —Ella meneó la cabeza con incredulidad.

«Porque debes ser mía».

—Usted me agrada, Marianne. Es hermosa y elegante, conoce su deber. Siempre hace lo más adecuado en cada ocasión. Es una buena persona, incapaz de decepcionar a nadie.

Ella le miró. Silenciosa, solemne y absolutamente magnífica.

—No me decepcione, Marianne —susurró con suavidad.

Capítulo 2

La conformidad

Cuando Marianne le escuchó decir «No me decepcione», se dio cuenta de que él lo sabía. Que, de alguna manera, el señor Rourke era consciente de sus deseos; la había estado observando durante tanto tiempo que había logrado descifrarla. Que sabía qué palabras decir y cómo pronunciarlas, y el señor Rourke parecía el tipo de hombre que no cejaba en su empeño hasta salirse con la suya. Se dio cuenta también de que él trataba de sugestionarla, de convencerla sobre lo que debía hacer. Quería dominarla. Pero se equivocaba en una cosa; ella no siempre hacía lo correcto, algunas veces cometía errores. Errores muy graves.

Sintió como si las paredes se cernieran sobre ella. El aire de la estancia pareció solidificarse mientras él la miraba fijamente. No podía hacerlo. No era correcto que ella quisiera…

—Señor Rourke, no puedo aceptar su oferta. Es…, no es posible que me convierta en su…

Se interrumpió y meneó la cabeza sin dejar de mirarlo antes de darse la vuelta. ¡Por el amor de Dios, casi lo había dicho en voz alta! Sencillamente, no era posible; ella no podía ser la esposa de nadie. No era adecuada para ese papel. El matrimonio no era su destino y sería mucho mejor que se lo dejara claro al señor Rourke en ese momento. Además, estaba segura de que él no la querría si supiera lo que había hecho. Darius Rourke era un hombre rico y poseía propiedades importantes; necesitaba herederos. Debía conseguir una esposa sensata, una mujer capaz de criar a sus hijos y, sin duda, no sería ella. Ni siquiera debía considerar tal opción.

Pero, si seguía mirándolo a los ojos un solo segundo más, su determinación flaquearía. Tenía que salir de allí. Su instinto le gritaba que se alejara de él y de su dominante presencia antes de que dijera una sola palabra más. Era demasiado convincente. El breve interludio cuando estaban recogiendo fresas se lo había demostrado. Y el problema principal era que a ella le gustaba que le diera órdenes. Le gustaba demasiado.

—Papá, vámonos. —Tomó a su padre del brazo y tiró de él hacia fuera. En la puerta, se detuvo; sintió un gélido estremecimiento en la espalda, suave como una caricia.

—Me está decepcionando, Marianne. —La voz del señor Rourke era seca ahora. Constatar que a Darius Rourke no le gustaba que le dijeran «no» no resultó ninguna sorpresa.

Se quedó paralizada y cerró con fuerza los ojos mientras rezaba para sus adentros.

—Lo siento, señor Rourke —susurró sin darse la vuelta—. No puedo… —Se tambaleó para atravesar el umbral y huyó de la casa, arrastrando a su padre con ella.

En cuanto se marcharon los últimos invitados, Darius se sentó detrás de su escritorio y comenzó a escribir. Se mostró tranquilo pero firme cuando llamó a un lacayo para darle las instrucciones pertinentes para que entregara la misiva.

Le había sorprendido la negativa de Marianne, pero esa sería la única vez que le pillaría por sorpresa. Sin embargo, no era eso lo que le preocupaba; no sabía cómo ser más persuasivo y, aun así, tenía que conseguirlo. Haría lo que fuera para conquistarla. Aunque Marianne George no lo había aceptado, él había intuido —en realidad visto— una grieta en la armadura tras la que se cobijaba. Tendría más éxito la próxima vez, se colaría bajo su piel, la obligaría a reconocerle, a aceptarle. Acabaría obteniendo su consentimiento. No era tolerable ninguna otra alternativa.

Marianne miró a su alrededor. La destrucción a la que estaba sometida su vida era claramente visible en la habitación y quiso llorar, ceder a la autocompasión. Sin embargo, sabía que la ruina de su familia era culpa suya.

Su padre había caído sobre el diván con medio cuerpo fuera, demasiado borracho. La comunicación que acababa de leer le había hecho desplomarse. La había llevado un alguacil.

Solo les quedaban tres días. Después, el hombre regresaría acompañado de funcionarios de los tribunales para conducirles a la prisión de Marshalsea, en Londres. Tomó el papel y volvió a leerlo; las deudas impagadas eran un crimen penado con la cárcel. Su padre era un… criminal. Solo había un acreedor en aquella lista y eso le resultó extraño. No reconocía el nombre.

Comenzó a dar vueltas a las posibilidades que se abrían ante ella, intentando encontrar una solución. Quizá lord Rothvale pudiera echarles una mano. Era un hombre influyente y muy amable. Le conocían de toda la vida y su hija, Byrony, era su mejor amiga. Alzó las manos en el aire en un gesto de frustración. ¿Cómo podía estar pensando eso? No podía molestar a sus amigos con esa cuestión.

Salió de la casa. Tenía que moverse y lo mejor sería pasear frente al océano. Sentía cierta debilidad en las piernas cuando comenzó a andar, pero cuanto más se acercaba al majestuoso mar, más fuerte se sentía. Una vez que la gran masa azul estuvo ante sus ojos, respiró hondo. El mar la apaciguaba; siempre había sido así, la confortaba como ninguna otra cosa. Se acercó a la rocosa costa, buscando aquella paz que la relajaría, hasta que se detuvo sobre un gran saliente frente al agua. Comenzó a recordar.

La vergüenza era lo que peor llevaba. No le preocupaba lo que tendrían que soportar en Marshalsea, era la vergüenza lo que la mataba. Eso y la cruel realidad de saber que si iban a la cárcel no cambiaría nada. Jonathan no regresaría; su padre no recuperaría su respetabilidad; su madre seguiría muerta. La devastación de su existencia era absoluta y nada podía arreglarlo. Sufría por la pérdida y se dio cuenta con repentino dolor y desesperación de que jamás se libraría de aquella sensación de culpa.

Ni siquiera podría disfrutar de la tranquilidad que le proporcionaba el mar. Renunciar a eso sería lo más difícil. Se dejó llevar por el llanto mientras intentaba memorizar cada una de las sensaciones que disfrutaba en ese momento. El olor a sal, a algas marinas; la brisa que le secaba las lágrimas que resbalaban por sus mejillas; el sonido de las olas que salpicaban su falda; toda aquella inmensa variedad de tonos de azul.

«¿Me oyes, Jonathan? Nos vamos a marchar muy pronto y no podré volver por aquí en mucho tiempo. Estoy muy…».

—No tiene por qué ser así, Marianne.

Ella giró la cabeza y se secó con rapidez las lágrimas con los nudillos.

—¡Señor Rourke! Me ha asustado. —Volvió a mirar al mar para que él no pudiera verle la cara. ¿Por qué estaba allí? ¿La habría visto salir y la había seguido?

—Me disculpo por haberla asustado, pero no por mis palabras.

Ella no respondió ni aceptó su disculpa. Permaneció con la vista clavada en el océano. El viento y las olas impactaban contra las rocas, debajo de ella, igual que hacían desde hacía siglos.

«¿Jonathan?».

—Me he enterado de que han recibido la visita del alguacil y sé cuál es la causa.

Por supuesto que lo sabía. Todo el pueblo lo sabría a esas horas. Incluso así, las palabras de reconocimiento se negaban a salir de su boca. ¿Y qué podría decirle de todas maneras? Paralizada, continuó haciendo lo que hacía antes de que él se acercara. Se enfrentó al viento, se regocijó en el batir del oleaje y permaneció en silencio.

—¡Santo Dios, Marianne! ¡Estamos hablando de ir a prisión! Tendrá que vivir en una cárcel sucia y maloliente. Una celda impura, apestada, a mucha distancia de su casa y de lo que ha conocido durante toda su vida.

«Lo sé».

Ella asintió apenas con la cabeza; seguía siendo incapaz de mirarlo.

—¿Me ha seguido hasta aquí para decirme eso? —Habló hacia el mar y pensó en lo cruel que sonaba la voz de él. Seguramente seguía enfadado porque le hubiera rechazado.

—No, no la he seguido por eso —afirmó él con suavidad.

—Entonces, ¿por qué está aquí, señor Rourke?

—Quería recordarle que está en su mano detener esta locura, Marianne. Usted puede pararlo todo. Lo sabe. La cuestión es ¿lo hará? —Su voz se perdió entre el susurro de la brisa del océano.

¡Oh, santo Dios! ¿Había entendido bien? ¿Todavía quería que fuera su esposa? ¿Estaba insistiendo después de que le hubiera rechazado? ¿Un hombre tan orgulloso como él estaba dispuesto a volver a proponérselo? ¿A rebajarse de esa manera? Increíble. Todavía seguía paralizada, temerosa de mirarlo.

—Por favor, Marianne, míreme. Enséñeme su hermoso rostro.

Ella comenzó a respirar entrecortadamente. Notó un súbito calor por todo el cuerpo y sintió un hormigueo en la piel. Él se había acercado más y ahora estaba de pie justo detrás de ella. Tan cerca que podía oler el aroma de su colonia.

—Hágalo. Dese la vuelta y míreme. Quiere, Marianne. Sé que quiere hacerlo —susurró él, tan próximo que sentía su aliento en el cuello.

Él tenía razón. Quería. Cuando comenzó a girarse, se formó una ardiente quemazón entre sus piernas. Lo vio inhalar como si estuviera oliéndola. Lo observó esbozar una tierna sonrisa a pesar del fuego que brillaba en sus ojos.

—Ha estado llorando. —Él sacó un pañuelo del bolsillo y se lo pasó con suavidad por las mejillas—. No me gusta que llore. Y creo que sé la razón. —Se inclinó hacia ella—. Déjeme ocuparme de usted, Marianne. Y también de su padre. No tendrá que inquietarse por nada. —Ladeó la cabeza y se aproximó todavía más—. Cásese conmigo.

Decirle lo que tenía que hacer no parecía ser un problema para él. Lo vio sonreír lentamente y asentir con la cabeza, como si estuviera instándola a aceptar. Sabía que estaba forzándola con atrevimiento a acatar su voluntad, pero lo hacía de tal manera que ella quería hacerlo. ¡Santo Dios, era tan guapo! Un mechón de brillante cabello negro cayó sobre su frente y ella deseó estirar el brazo para retirarlo. ¿Cómo sería sentir su pelo entre los dedos?

Sin duda alguna el señor Rourke quería atraparla y era un seductor muy diestro. Ella supo que resistirse era una empresa imposible por su parte. Su deseo era mucho más indomable que intentar conquistar a una bestia. Resultaba todo un alivio dejarse vencer por él. Su voz cadenciosa le calmaba la piel caliente como fría seda, mientras la impulsaba a hacer justo lo que ella quería.

Si fuera honesta consigo misma reconocería que lo más fácil y cómodo era dejarse llevar por su dominación. Era tranquilizador. Un desahogo. ¡Oh, sí! Hacía aflorar sentimientos que jamás se había permitido. Él sería bueno para ella en ese sentido. Y más importante aún, casarse con Darius Rourke le permitiría salvar a su padre. Ese matrimonio le proporcionaría una manera, aunque insuficiente, de expiar lo que había hecho.

Se enderezó, decidida a aceptar la oferta antes de cambiar de idea. Se le escapó un estremecido suspiro al pensar en pertenecerle. La manera en que la miraba la llevaba a imaginar lo que haría con ella. Sin duda sería como un ratoncito atrapado entre las garras de un gato indomable y agresivo. Y, cuando llegara el momento en que el gato devorara al ratoncito… Rezó para no lamentar haber tomado esa decisión.

—Señor Rourke… A-acepto. Me casaré con usted.

—¿Sí? —Sus ojos se iluminaron en respuesta. Las chispas que emitieron la incitaron a responder con más seguridad.

—Sí.

«Muy bien, buena chica. Eso es lo que quieres. Tenía razón sobre ti».

Darius tomó la mano de Marianne y la atrajo hacia su cuerpo. Besó la fría piel al tiempo que acariciaba con el pulgar sus elegantes dedos. Percibir tan cerca la esencia de su carne amenazó con avasallar sus sentidos. Permitió que el deseo se apoderara de él… Notó cómo la sangre bajaba y le endurecía sin remedio. ¡Santo Dios, qué bueno era! Podría quedarse allí, mirándola, aspirando su delicado perfume, acariciando su piel… Jamás se cansaría de eso. Tenerla era una recompensa en sí misma. La besó en la mano otra vez, demorándose un poco más de tiempo con los labios para saborear su esencia natural en la sedosa piel.

—Me ha hecho muy feliz, Marianne. Vayamos a comunicar a su padre las buenas noticias.

Cuando ella alzó aquellos luminosos ojos azules para mirarlo, él se quedó conmocionado. Le parecía una mujer preciosa. Era la única… La única mujer cuyos secretos quería conocer.

Anticipar cómo sería poseerla por primera vez hizo que le diera un vuelco el corazón. Su inocencia requeriría de mano suave, por supuesto. Y nada le gustaría más que ser tierno con ella. Sería muy cuidadoso con su iniciación en los placeres de la carne. Y su necesidad de conocerla era

incontenible. En su imaginación surgían lujuriosas imágenes de todas las maneras en que poseería
su hermoso cuerpo, de cómo satisfaría finalmente sus deseos después de tantos años anhelándola.

Capítulo 3

El beso

Marianne se dio cuenta de que Darius se sentía con derecho a exigirle más ahora que era su prometido. Su compromiso se había hecho público, pero aún faltaban tres semanas para celebrar el matrimonio. Dado que estaban comprometidos formalmente, él podía acompañarla y sentarse a su lado en la iglesia. Y sin duda aprovechaba cada una de esas oportunidades. Le tomaba la mano y se la besaba; caminaba a su lado y le enviaba a menudo cartas y regalos.

—Tengo algo para ti, Marianne. —Le ofreció un pequeño volumen con las cubiertas de cuero.

Ella abrió la tapa y sonrió al ver la inscripción que él había escrito: «Para mi Marianne. Siempre tuyo. Darius».

—John Keats. Sus poemas me parecen muy hermosos. Disfrutaré mucho leyéndolo. Gracias, señor Rourke.

—Creo que deberías llamarme Darius —sugirió al tiempo que asentía con la cabeza lentamente—. Y ahora deberíamos besarnos, Marianne. —Lo vio sonreír sin dejar de mover la cabeza.

«Él te dice lo que tienes que hacer, y ahora debes hacerlo».

Su respiración se volvió jadeante y se le aceleró el corazón, pero acercó su boca a la de él. Se puso de puntillas para apretar los labios contra los suyos con firmeza y sintió una oleada de calor, una trémula excitación que se avivó con rapidez entre sus muslos. Suspiró sobre su boca antes de interrumpir el contacto. Sin embargo, no se retiró por completo. Alzó la mirada para observar sus ardientes pupilas.

—Darius… —susurró. Simplemente unir sus labios era arrebatador, y aun así no era suficiente. Él olía muy bien, su colonia contenía un toque exótico que se mezclaba con el aroma viril de su piel consiguiendo un resultado… celestial. Estar cerca de él hacía que le hirviera la sangre en las venas. Inhaló su esencia mientras se preguntaba qué más le pediría. Solo de pensarlo se estremeció sin control.

—Vuelve a decirlo.

—Darius…

Vio que los ojos de él ardían antes de que se inclinara para besarla otra vez. En esta ocasión sus labios se movieron sobre los de ella, suaves y cálidos, dominantes. Él apresó su labio inferior entre los dientes, obligándola a abrir la boca como si quisiera devorarla. Y ella se lo permitió, incapaz de resistirse. Se entregó a sus besos, ofreciéndose, dejando que entrara en su boca mientras se preguntaba adónde llevaba todo eso.

Sin embargo, Darius no exigió más. Al menos no en ese momento. Se retiró sonriendo; parecía feliz cuando le rozó la mejilla con el dorso de los dedos y se la acarició con ternura.

—Eres perfecta, Marianne.

«¡No! ¡No lo soy!».

Cuando el elegante carruaje de Darius llegó para recogerla, Marianne se encontró un sobre en el asiento de cuero.

Mi querida Marianne:

Sé que hoy vas a comprar tu ajuar. Lo he arreglado todo para que puedas elegir vestidos nuevos y todos los complementos que necesites en la modista de la ciudad. Es francesa y te aconsejará sobre cuáles son los artículos que deseo que tengas. Vestir a una mujer es como enmarcar una obra de arte, y tú, mi amor, eres arte puro. De-

berías poseer la ropa que mejor resalte tus encantos. Madame Trulier tendrá hoy preparadas
algunas prendas para ti. Póntelas para mí, Marianne. Apenas soy capaz de esperar a verte vestida como creo que mereces.

Tuyo,

D. R.

Se ruborizó al leer la carta. El pensamiento de que
Darius imaginaba su cuerpo cubierto con deter-
minada ropa era demasiado íntimo y la hizo sentirse acalorada. Él siempre conseguía que le ocurriera eso. Sus palabras, su mirada, sus sonrisas, el
más leve toque de sus dedos hacía que se inflama-
ra hasta sentirse incapaz de pensar o hacer cosa
alguna distinta de lo que él pedía. Él la comprendía.
Cuando lo miraba ya no veía a un hombre que no
era para ella, sino que veía a uno al que quería com-
placer. Le necesitaba. Deseaba hacer todas esas
cosas que le satisfacían. Sentía que debía hacer lo
que le pedía.

Darius la hacía sentirse especial, algo que ella
jamás había experimentado antes. La apreciaba y se
lo demostraba con palabras y gestos. Conseguía que
se sintiera cómoda y, más importante, segura. Si seguía sus sugerencias, no volvería a cometer errores
terribles. Ella no podía permitirse el lujo de llevar a
cabo ninguno más. Otro, con el mismo resultado
que el que cometió con Jonathan, sería su fin.

Madame Trulier la estudió detenidamente con la cinta métrica en la mano. Su cuerpo, solo cubierto con la camisola, parecía tener su aprobación.

—Querida, Dios la ha bendecido con una figura perfecta. Ya entiendo por qué el señor Rourke se ha vuelto loco con sus encantos. Ahora debemos intentar sacar el mejor partido de lo que le ha dado la naturaleza. Su prometido tiene muy claro lo que quiere, en especial en lo que concierne a sus *deshabillés* y lencería. Ha ordenado que solo usemos seda francesa en sus camisolas, medias, corsés y camisones. Debemos complacerle... Es muy afortunada por estar a punto de casarse con un hombre así... Tan entregado.

Eligió entre las prendas que le sugería *madame* Trulier. Había batas de mañana, capas, trajes de montar, abrigos. *Madame* insistió en que adquiriera varios camisones confeccionados con las más finas telas; prendas hermosas pero apenas capaces de cubrir lo necesario. Sintió que de nuevo la invadía aquel rubor traicionero cuando se imaginó poniéndoselas para Darius.

—El señor Rourke eligió personalmente este chal para usted. Se lo llevará puesto —anunció *madame* Trulier.

La pesada tela era una obra de arte de seda azul de la India, tejida siguiendo un intrincado diseño. Contenía hilos de múltiples colores: violetas, lavanda, morados, que despedían destellos iridiscentes. A ella le encantó. Los flecos ondularon delicadamente cuando rozó con los dedos el delicado regalo. De repente, se apoderó de ella el deseo de llevar puesto aquel chal para Darius. Quería que la viera con él, que supiera que lo hacía por él, por complacerlo.

«Soy incapaz de resistirme a sus encantos y él lo sabe muy bien».

CAPÍTULO 4

LA PROMESA

El señor Rourke desea ver a la señorita George —informó Darius a la criada.

Algunos minutos después, fue el señor George quien entró en la estancia, anunciando que su hija no estaba en casa.

—¿Adónde ha ido?

—Lo más probable es que esté paseando junto a la costa.

—¿Sola? ¿Sale a pasear sola? —Frunció el ceño.

El señor George hizo una mueca.

—Esa chica tiene ideas muy suyas. Jamás he podido conseguir que haga algo que no quiere —comentó el hombre, riéndose entre dientes—. Le aseguro que va a estar muy ocupado con ella, señor Rourke. Pero, bueno, será suya muy pronto, ¿para qué preocuparse antes de tiempo?

¡Qué tipo más estúpido! Algunos hombres no merecían tener hijos. No era de extrañar que Marianne fuera tan independiente.

Se despidió y se marchó bruscamente en dirección al acantilado. El mero pensamiento de que ella pudiera sufrir algún daño le aterrorizaba.

Durante la subida escudriñó el arenal de la playa que había a los pies del barranco. Allí estaba ella, mirando al océano. Ya había contemplado antes la estampa que ofrecía; el viento hacía volar su ropa y peinaba su pelo. Parecía como si el mar enviara su brisa y sus olas hacia ella, llamándola, embrujándola. Marianne llevaba el chal. Al verlo se sintió aliviado y lo tomó como un gesto muy positivo.

Se acercó a ella sin apartar la mirada de su precioso cuello. Ella debió de percibir su presencia porque se giró hacia él. La vio abrir mucho los ojos al reconocerlo, antes de que su mirada se iluminara con algo que solo podía ser descrito como felicidad. La anterior sensación de alivio dio paso a la más pura alegría.

—Darius... —le recibió, tendiéndole la mano.

Él la tomó y la llevó a sus labios en un primer momento, luego tuvo que tocarla. Frotó el pulgar en sus nudillos mientras aspiraba su esencia, sorprendido al darse cuenta de la manera en que aquel olor calmaba su agitación.

—Fui a visitarte a casa, pero no estabas allí. —Pensó que la desaprobación que pretendía transmitir con sus palabras no fue tan dura como era su intención.

—Sí. Me apetecía caminar… Y pensar.

—¿En qué estabas ocupando tus pensamientos?

—En ti. En nuestra boda.

Él sonrió.

—Espero que fueran pensamientos agradables. ¿Lo eran?

—Sí, Darius. —La vio sonrojarse antes de alzar la mirada—. Siempre que tú estás en ellos, mis pensamientos son agradables.

Él le pasó el dedo por la mejilla.

—Marianne, no me gusta que pasees sola por este lugar. Es muy peligroso y prefiero que estés a salvo. Prométeme que no volverás a pasear por el borde del acantilado sin compañía. —Ella le miró con expresión solemne—. Dilo, venga: «Darius, no volveré a pasear sola por aquí». Dime las palabras, Marianne.

—Darius, no volveré a pasear sola por aquí.

«Esa es mi chica».

La recompensó con una sonrisa.

—Eres muy importante para mí, Marianne. Si deseas pasear, solo tienes que enviarme una nota. Estaré encantado de acompañarte.

—Como quieras. —Ella ladeó la cabeza—. ¿Te apetece acompañarme ahora?

—Por supuesto. —Enlazó su brazo con el de ella y cubrió la mano con la suya, mucho más grande—. El vestido nuevo te sienta muy bien.

La estudió con agrado, feliz de llevarla del brazo, sintiéndose irracionalmente orgulloso de ello. No le gustaba que estuviera sola allí fuera, donde cualquiera podía acercarse a ella. Kilve era una localidad muy turística y era frecuente que hubiera extraños, en especial durante los meses veraniegos. No se podía aventurar quién iba a estar en la playa. Esa idea, junto con los potenciales peligros naturales, hacía que le hirviera la sangre. Era su mujer. ¡Suya! En cuestión de días le pertenecería legalmente a todos los efectos. Algunas escenas pasaron como un relámpago por su mente. Imágenes de ella, con el pelo suelto y extendido bajo su cuerpo, mientras él se perdía en su interior…

—Gracias, los vestidos son muy elegantes y hermosos. —Aquellas sinceras palabras de gratitud lo arrancaron a regañadientes del ensueño erótico en el que estaba sumido. Meneó la cabeza con fuerza para intentar concentrarse en lo que ella decía—. Darius, me encanta el chal que elegiste para mí. Es el mejor regalo que he recibido nunca, es especial y único. Me recuerda al mar.

—Me agrada saber que te gusta tanto. —Clavó los ojos en ella, incapaz de apartar la mirada—. En este momento estás preciosa, Marianne, envuelta en el chal y con el pelo bailando al viento.

El color hace juego con tus ojos. En cuanto lo vi, supe que tenía que ser tuyo.

—Gracias por los cumplidos… y por esos regalos tan preciosos, Darius.

—¿Te has puesto la ropa interior nueva?

Ella contuvo el aliento.

—Sí.

—¿Por qué te la has puesto, Marianne? —susurró él, anticipando la respuesta.

—Porque… tú me lo pediste.

Un ramalazo de lujuria impactó directo en su ingle y su erección presionó contra la braqueta, dura como una piedra. Marianne no se dio cuenta de cómo le excitaba su suave rendición. Algo que ella entregaba con tal libertad, tal facilidad, que él estaba totalmente rendido a sus encantos. Donde él estaba duro, ella era suave. Él tomaba y ella ofrecía. Él ordenaba y ella… obedecía. Se preguntó si ella sabría que él era como una mosca atrapada en su telaraña, atascado y sin poder ir a ninguna parte. Marianne era una adicción y no parecía conocer lo poderoso de su atractivo.

Se detuvo en el camino y se inclinó hacia sus dulces labios. El fuego que ardía entre ellos se avivó en el mismo momento en que sus labios se tocaron. En esa ocasión quería saber más de ella…

—Devuélveme el beso —le ordenó.

Necesitaba estar dentro de ella de alguna forma y presionó la lengua contra sus labios, rogándole que los abriera para él. Poco a poco pero con firme control, él se sumergió en su interior hasta que notó el suave roce de su lengua, que se enredó con la suya. La saboreó, la buscó, la agasajó… Sus lenguas se unieron. Aquella simple percepción casi le hizo llegar al clímax. Estar dentro de su cuerpo de alguna manera era igual que alcanzar el nirvana.

Por fin, se retiró lentamente de su boca para poder hablar.

—Me parece encontrar en tu boca cierto gusto a fresas, ¿es posible? —preguntó.

—Sí. Tomé fresas de postre. —La vio sonrojarse otra vez.

—Es un sabor muy apropiado para ti. Eres tan dulce como las fresas. Quiero alimentarte con ellas, meterlas en tu boca. —Imaginó que sostenía una fresa roja y madura ante sus labios hasta que ella le diera un mordisco.

La preciosa imagen le inspiró cómo jugar con ella de otra manera. Usó el pulgar para pintar con suavidad sus labios, trazando círculos antes de apretarlo contra sus dientes. Ella los separó ante la presión, aceptando su pulgar y envolviéndolo con la lengua antes de comenzar a succionarlo. Él movió el dedo dentro y fuera muy despacio, estirando los labios hacia fuera cuando se retiraba y apretándolos hacia dentro cuando volvía a meterlo.

¡Que Dios le ayudara!

Imaginar aquellos maduros labios suyos rodeando su erección en lugar del pulgar fue demasiado. No podía fantasear con aquella imagen y mantener el decoro. Estaba a punto de llegar al límite. Estaba duro, hambriento de ella. Se vio obligado a sugerir que regresaran antes de perder el control y tomarla allí mismo, sobre la arena.

Capítulo 5

El recuerdo

Darius pensó que hacía el clima perfecto para dar un paseo en cabriolé. El aroma limpio del aire de junio se mezclaba con la intoxicante fragancia a violetas que provenía de la joven sentada a su lado.

—¿Te gustaría manejar las riendas? —ofreció a Marianne.

—Sí. —Ella asintió con la cabeza—. ¿Me dirás cómo hacerlo?

—Por supuesto. —La rodeó con un brazo y la aproximó a su cuerpo antes de ponerle las riendas en las manos—. Ahora agárralas con fuerza. Usa los músculos de los antebrazos, no solo los dedos. Dirígelo, indícale al caballo qué quieres que haga.

Mientras ella seguía sus instrucciones, él enterró la cara en su cuello, acariciándole con la nariz ese punto que tanto le gustaba.

—El animal quiere complacerte —aseguró.

—¡Debe de ser un caballo especialmente complaciente! —Se rio ella.

Su risa tenía un tono melodioso. Era preciosa. Resultaba un sonido extraño en su boca y él se recreó en ese momento concreto, en el precioso regalo que suponía.

—Sí que lo es. Me pregunto si yo te complazco de igual manera —comentó ella.

—Te aseguro que sí, Marianne.

Atravesaron la colina que sobresalía sobre el mar y se extendía a sus pies. Él puso las manos sobre las de ella y la ayudó a frenar el cabriolé.

—Este es un buen lugar para detenernos. ¿Te apetece acompañarme a pasear un poco?

Rodeó la fina cintura de Marianne con las manos y la alzó con facilidad del asiento. Tocarla era una sensación tan maravillosa como la certeza de que pronto sería un derecho para siempre. Le encantaba sentir su cuerpo bajo sus dedos.

Tras asegurar las riendas del caballo, la acompañó hasta el borde del acantilado, donde se quedaron a una distancia prudencial.

—Justo ahí —dijo, señalando un punto— es donde recuerdo haberte visto por primera vez. —La miró a los ojos—. Eras una niña de unos nueve o diez años. Estabas buscando fósiles y los ponías en orden, de más grande a más pequeño. Yo estaba con mi perro, una bestia de caza que respondía al nombre de César. Le gustaba recorrer la playa de un extremo a otro haciendo gala de una gran excitación, hasta que, de pronto, cayó sobre las piezas que habías colocado con tanto cuidado, esparciéndolas por todas partes. Yo fui testigo de todo ello desde lejos. Tú diste un brinco, asustada y furiosa, y comenzaste a regañar a César con dureza. Él se mostraba muy arrepentido y, cuando yo llegué, ya estabas dándole palmaditas en la cabeza mientras le decías que estabas segura de que era un buen perrito y no tenía intención de ser tan estúpido. Intenté disculparme por él, asegurando que esperaba que el perro no estuviera molestándote. Recuerdo perfectamente las palabras que dijiste. Jamás las he olvidado. Me miraste solemnemente antes de hablar: «Señor, su perro no ha sido una molestia para mí». Y lanzaste un suspiro. Debías de sentirte muy frustrada, pero te mostraste tan serena y resuelta como un soldado.

—¡Lo recuerdo! Me acuerdo del perro y de ese día en concreto. —Lo miró con expresión de admiración—. ¿Eras tú?

Él asintió con la cabeza.

—Recuerdo que pensé que eras una niña muy inteligente y vital.

Ella se ruborizó al escuchar sus cumplidos, el profundo sonrojo que coloreó sus mejillas hizo que quisiera notar aquel calor en los labios y besarlas sin control.

—El señor Simms solía pagar un penique por cinco fósiles. Se los vendía en la tienda a los turistas. Me consideraba toda una negocianta; estaba segura de que acabaría reuniendo una gran suma de dinero. —Ella sonrió mientras lo ponía al corriente de sus recuerdos—. ¿Y qué es de César? ¿Ya no está contigo?

—No. Falleció tras una vida larga y feliz. Pero todavía conservo a sus descendientes. Pronto los conocerás… Estoy seguro de que Brutus y Cleo se convertirán en tu guardia personal. —Bajó la voz para seguir contándole—. Esa fue la primera vez que te vi. También recuerdo la segunda. Fue unos siete años después. Estabas de pie sobre esa roca de ahí. —Señaló el extremo sur de la playa—. El viento revolvía tu pelo y ceñía el vestido contra tus piernas. Parecía como si estuvieras esperando algo, allí parada, con la mirada clavada en el horizonte del mar, encima de la piedra. Tu belleza me dijo que eras la misma niña. Recordaba tu pelo, pero fueron tus gestos y actitudes, tu manera de comportarte lo que me dio la certeza.

«¿Durante tanto tiempo?».

Marianne no pudo quedarse más sobrecogida al escuchar tales revelaciones. ¿Era posible que él la hubiera admirado durante tanto tiempo?

—Darius, no lo sabía. —Apenas era capaz de creer lo que él acababa de decirle y solo podía menear la cabeza—. Todavía no comprendo cuál es la razón de un interés…

—Así que me fui de Somerset. Pasaron los años e intenté olvidarme de ti mientras esperaba que crecieras. Lo intenté, ya te digo, pero no lo logré en absoluto. —Lo vio sonreír antes de que le rozara con el pulgar debajo del ojo—. Me resultó imposible olvidarte —añadió con suavidad, sin apartar de su cara aquella penetrante mirada.

—Eh…, yo…

Él le puso dos dedos sobre los labios.

—No digas nada, Marianne. Solo quería que lo supieras, eso es todo. —Se aclaró la voz—. Tengo un regalo para ti.

—¿Más regalos? Ya me has hecho muchos, Darius.

—Pero quiero seguir haciéndotelos. Me satisface elegirlos para ti.

—No tengo nada para ti —explicó ella, triste por aquella realidad.

—Estás equivocada. Te entregas a ti misma… y eso es todo lo que quiero. —Él ladeó la cabeza—. Ven… —La hizo girar sobre sí misma hasta que ella recostó la espalda contra su pecho. Él desplazó el pelo a un lado y puso los labios en su cuello—. Esta es mi parte favorita. Me gusta besarte justo en este punto.

Su cálida piel, el aroma masculino, el volumen de su cuerpo contra el suyo provocaban en ella emociones maravillosas. Darius la sostenía con firmeza, atrapándola con su brazo. Ella notó algo duro debajo de la cintura, una cordillera de acero que pugnaba contra sus nalgas. Era algo intenso y anhelante a la vez. Ella comprendió que Darius la deseaba pero, por alguna razón, también la necesitaba. Precisaba que ella fuera suave y sumisa. Y obediente. Necesitaba que fuera aquel puerto tranquilo donde él podría encontrar cierto sosiego. Si pensaba demasiado en ello, se preocuparía, así que no lo hizo. Rechazó la idea. ¿Y si le decepcionaba? ¿Y si pasaba lo mismo que con…?

—¿Me sientes contra ti?

—Eh…, sí…

«¡Sí, claro que te siento!».

—Esto es para ti, Marianne. Eres tú quien me pone así. Mi dureza es la respuesta a mi deseo… por ti. —Le deslizó los labios por el lateral del cuello—. Apriétate contra mí. Presiona tu cuerpo contra el mío. ¡Quieres hacerlo! —La estrechó con firmeza y él se impulsó hacia ella, frotando lentamente su erección contra sus nalgas sin dejar de acariciarle la nuca con la boca—. Me satisfaces, Marianne. Tu dulzura me hace feliz. Eres tan dulce como las violetas a las que hueles. Para mí, eres perfecta.

Ella se dejó llevar por las sensaciones. Envuelta en el brazo protector de Darius, se sentía bien. Lo que él apretaba contra ella parecía enorme. Conocía la mecánica básica; había escuchado historias y tenía algunas amigas casadas. Darius insertaría ese enorme y duro pedazo de carne dentro de ella. ¿Dolería? Le habían dicho que dolía la primera vez. ¿Sentiría placer? Los pícaros comentarios y risitas tontas de sus amigas sugerían que sí. Sabía que, sin duda, para el hombre resultaba placentero y que era la única manera de quedarse embarazada. También sabía que a los hombres les gustaba hacerlo a menudo; al menos eso era lo que le habían comentado sus íntimas.

En ese momento, los besos y las caricias de la lengua en el cuello le gustaban, eran placenteras. Estimulaban su curiosidad y quería saber más. Eso era lo que Darius provocaba en ella. Hacía que estuviera dispuesta a llevar a cabo actos que jamás había soñado realizar. En ese momento, sería capaz de hacer cualquier cosa que le pidiera; jamás se había sentido tan querida y necesitada.

—Tu regalo. —La hizo girar y sacó una caja del bolsillo; era un joyero. Ella lo abrió y vio un collar de perlas con un colgante. Era un crucifijo con un diamante en el centro.

Contuvo un jadeo al verlo.

—¡Oh, Darius! Es precioso. ¡Me encanta!

Me haces demasiados regalos. Eres un hombre muy generoso.

Sin duda, él era un misterio que quería desvelar. ¿Por qué ella le importaba tanto? ¿Por qué le gustaba? No se merecía todo lo que le ofrecía.

—Te lo pondrás por mí, Marianne.

—Quiero ponérmelo para ti, Darius.

CAPÍTULO 6

EL PLACER

L a nota de Darius llegó a primera hora de la mañana.

Mi hermosa Marianne:

Enviaré el carruaje a recogerte hoy a la una. Ponte el traje de equitación nuevo, el azul. Tengo una sorpresa para ti y no veo el momento de mostrártela.

D. R.

La saludó con un beso en la frente y luego se dedicó a estudiarla con atención de pies a cabeza.

—Ese color te favorece. Marianne, deberías vestir siempre de azul.

—Hace un año que no monto a caballo.

—Estoy seguro de que no has olvidado cómo se hace, es una de esas habilidades que una vez aprendidas no se olvidan. Estoy seguro de que lo harás de maravilla, pero considérame a tu disposición si me necesitas. —Ella pensó que Darius parecía excitado; sonreía como un niño ilusionado con un dulce.

Ella soltó un grito cuando vio la «sorpresa». El precioso caballo gris que ocupaba la cuadra no era otro que Tempestad, su propia yegua. O al menos lo había sido hasta que la ruina económica les había obligado a venderla.

—¿Tempestad? —Le acarició la testuz inclinándose hacia ella—. No puedo creer que esto sea cierto.

—Es para ti, Marianne. Es tuya de nuevo.

Ella se giró con rapidez para mirarle.

—¿Darius? ¿Cómo lo has sabido? —Notaba un nudo tan grande en la garganta que apenas podía hablar.

—Tu padre me dijo que la vendió a los establos de Hallborough. El dueño es un buen amigo mío y se mostró muy complaciente cuando me ofrecí para comprarla. También he adquirido la silla. —Él la miró de manera inquisitiva—. ¿Vamos?

Cabalgaron tierra adentro, sobre rocas y prados, hasta alcanzar un bosque frondoso. Darius anunció que aquel era un buen lugar para detenerse y dejar que los caballos descansaran un poco. La sostuvo con brazos firmes para ayudarla a bajar de la silla y la dejó en el suelo. Entonces no la soltó, sino que la miró a los ojos.

—¿Qué te ocurre? —inquirió él.

—Nada —repuso ella con rigidez, sabiendo que su respuesta no satisfaría a Darius. Estaba exigiéndole una explicación y sabía que acabaría dándosela.

—Sí, te ocurre algo. Es evidente que estás triste; está claro como el agua. Explícame el motivo. —Sin apartar la mirada de ella, repitió el mismo mensaje con otras palabras—. Quieres decírmelo, Marianne.

Ella notó un ardiente rubor en las mejillas y bajó la mirada.

—N-no me merezco todo esto —susurró. Alzó la mirada a Tempestad—. Es demasiado, Darius. Me hace sentir incómoda. No merez...

—Yo creo que sí lo mereces —la interrumpió—, y haré que tú también lo creas. Repite conmigo: «Merezco todo lo que Darius me regala». Repítelo, Marianne. —Su voz era firme, más dura que nunca. Era una orden directa y ella era incapaz de negarse a sus mandatos.

—M-merezco... todo lo que D-Darius me... r-regala.

—Sí, te lo mereces, y voy a asegurarme de que te convences de ello. —Recogió una manta que llevaba en la silla y la extendió sobre el suelo—. Sé lo que necesitas. —Le tendió la mano—. Ven, túmbate aquí conmigo, Marianne.

Ella se quitó con cuidado el sombrerito antes de obedecerle. Se acomodó sobre la manta sin dejar de mirarle. Él se unió a ella mientras la observaba fijamente, deslizando los ojos por sus curvas de una manera casi reverente. Pensó que, sin duda, Darius sabía cómo provocarla, pues era muy fácil cumplir sus deseos.

Se vio reflejada en aquellos ojos oscuros cuando él se acercó. Primero se apropió de su boca. La apresó con voracidad, usando los dientes para rozarle los labios, para mordisqueárselos antes de lamerlos y succionarlos. Luego siguió por la barbilla y la mandíbula al tiempo que apretaba su duro cuerpo contra su costado. A continuación, la hizo rodar hacia él, alineando sus cuerpos de pies a cabeza.

Ella se dio cuenta de que sus figuras encajaban a la perfección.

Tras recrearse en su cuello, él se retiró ligeramente y volvió a mirarla, concentrándose en su cara. No, un poco más arriba. Volvió a acercársele para besarle el pelo e inhalar su aroma. En ese momento supo que haría cualquier cosa que él le pidiera.

—Suéltate el pelo para mí, por favor.

Ella se sentó en la manta con su ayuda. Luego, Darius la observó quitarse las horquillas con que sujetaba el cabello. Lo oyó suspirar un poco antes de retirar la última y de que los rizos oscuros cayeran formando una cortina alrededor de su cara. Él parecía feliz mirándola.

Darius estiró el brazo para apropiarse de un rizo y llevarlo hasta su nariz. Tenía la cara tan cerca de ella que podía sentir su aliento en la piel. De pronto, los cálidos labios masculinos cayeron sobre los suyos de una manera casi desesperada, buscando el dulce interior. Su aterciopelada lengua la probó una y otra vez mientras la cubría con su cuerpo como si fuera una manta.

Apresándole el cabello con los puños, inhaló su perfume recostado encima de ella.

—Te he imaginado de esta manera miles de veces, con todo este glorioso pelo suelto, tumbada en nuestra cama, esperándome. —Movió la boca sobre su cuello, donde se detuvo para inspeccionar las depresiones de las clavículas con los dientes y los suaves labios—. Desabróchate la parte superior del vestido. Quiero verte, Marianne.

Ella no vaciló. Se llevó los dedos con rapidez a la tela que cerraba el cuello y comenzó a desabotonar la chaqueta. Darius hizo el resto. Abrió el corpiño con ansiedad hasta dejar al descubierto sus pechos, que sobresalían por encima de un corsé de seda francés. Uno de los que él había elegido para ella. También vio las perlas que le había regalado y se quedó paralizado. Jadeó con fuerza antes de lograr controlarse.

—Te las has puesto. —Comenzó a besarle la piel de los senos al tiempo que emitía un ronroneo de placer, explorando cada centímetro desnudo con labios errantes pero decididos. Incluso besó el crucifijo que colgaba entre las perlas—. *Bellissima*, eres tan hermosa…

La siguiente maniobra de Darius fue mucho más atrevida y posesiva. Le puso una mano en la nuca al tiempo que deslizaba la otra por debajo de la falda para acariciarle la pierna. Ella se tensó y meneó la cabeza. Él se limitó a sonreír, sin detenerse hasta llegar a la parte superior del muslo. Entonces llevó los dedos al interior de la pierna, buscando aquel punto caliente.

—Ábrete para mí, Marianne. Quieres que haga esto…, deseas que te toque aquí.

Con un sonido entre un suspiro y un sollozo, ella obedeció y separó las piernas. Comenzó a estremecerse sin control al notar los ardientes dedos quemándole el interior del muslo.

—Tienes la piel tan suave como la seda que la cubre —susurró él.

Sosteniéndole la nuca, la obligó a mirarle. Mientras tanto, sus largos y elegantes dedos siguieron su camino, rebuscando en la ropa interior de seda hasta dar con el punto más necesitado entre sus piernas.

«¡Oh, Dios mío! Va a tocarme… ahí».

Tensó las piernas e intentó cerrarlas, pero él no se lo permitió. Su contacto era firme, sus dedos estaban decididos a encontrar su centro y sepultarse en los cortos rizos que protegían su sexo.

Jadeó al sentir la mano tanteándola.

Darius presionó con los dedos, un poco más fuerte, y el movimiento hizo que sus pliegues se separaran. Aquella era la ardiente puerta que él buscaba. El punto que quemaba con tanta intensidad como sus ojos, el que la forzaba a entregarse a él por completo. Un dedo se separó de los demás para internarse más profundamente y explorar su interior.

Marianne se estremeció cuando la invadió y no pudo contener el agudo gemido que se formó en su garganta. ¡Darius había metido un dedo en su cuerpo!

—Shhh… —susurró él, sosteniéndola con firmeza—. Está bien —canturreó con dulzura sobre sus labios, revoloteando sobre su rostro al tiempo que seguía acariciando sus resbaladizos pliegues con los dedos.

Ella emitió un gritito. Darius estaba tan cerca, era tan necesario para ella que solo podía dejarle hacer. Pero eso era lo que debía ser después de todo, ¿verdad? Cada uno debía jugar su papel; él dominaba y ella se sometía. De esa manera los dos obtenían lo que querían y necesitaban.

Su cuerpo reaccionó de la única manera posible.

Cuando Darius sintió lo anegada que estaba, arqueó las cejas.

—Estas mojada y resbaladiza para mí…, eres tan suave… —Sus labios rozaron los de ella—. Sabía que sería así.

Aquellas íntimas palabras crearon un camino de fuego en su interior, abriéndola a él por completo y dejándola a su merced. Se arqueó por completo, entregándose sin reservas y se quedó paralizada cuando aceptó su invasión.

—No te cohíbas ahora. Siente mi caricia. Eres tan suave aquí…, estás preparada para mí. Me encanta que estés así, mojada y resbaladiza. —Ella vio que le ardían los ojos antes de que los entrecerrara.

¡Ay, Dios bendito! Todo lo que él decía la hacía sonrojarse hasta la raíz del cabello, pero eso no reprimía su respuesta ante lo que él le descubría. Lo aceptaba de buena gana. Cerró los muslos, apresando su mano entre ellos y comenzó a mover las caderas.

No podía mantener la serenidad… El placer era indescriptible y cada vez más vívido. Moverse resultaba tan necesario como respirar.

Darius la tocó como si fuera un instrumento, provocando en ella ardientes sensaciones que le arrancaron inflamados gemidos a cada instante. Poco a poco, la hizo revivir; sabía dónde tocarla y de qué manera presionarla en cada momento. Los acelerados y placenteros latidos crecieron en intensidad en el centro de su vientre hasta convertirse en un sordo rumor. Tenía la mente en blanco, el cuello tenso, los ojos cerrados…, y pensó que se moriría si él detenía tan gloriosa fricción. Iba a ocurrir algo. Quizá estaba muriéndose. Sin embargo, no le importaba si él continuaba acariciándola de esa manera tan perfecta y magnífica.

—Marianne, mírame. ¡No cierres los ojos! ¡Mírame!

Cuando él le daba una orden, algo se desenredaba en su interior, algo se quebraba en lo más profundo de su ser. Por eso, cuando comenzaron a cerrársele los ojos al notar los primeros temblores, luchó con todas sus fuerzas para mantenerlos abiertos, para obedecer su orden. Lo intentó a pesar de que los estremecimientos que provocaban las explosivas corrientes tomaban el mando. Todo su cuerpo se convulsionó.

Darius detuvo la fricción y presionó la palma de la mano con fuerza. A ella se le llenaron los ojos de lágrimas y una de ellas se deslizó por sus mejillas mientras seguía mirándole a los ojos.

Un poderoso placer la atravesó y finalmente comprendió que aquella era la razón de que su cuerpo comenzara a arder cuando él la tocaba. Era la culminación de todos los arrebatadores sentimientos que él le provocaba. Era magnífico.

—¡Oh, Darius! ¡Me haces sentir…! —Jadeó entrecortadamente contra su cuello al tiempo que surcaba la ola. Fue incapaz de terminar la frase.

—Es una maravilla observarte, mi preciosidad. No hay nada más maravilloso que verte a ti alcanzando el placer. Te lo mereces todo. Te mereces lo que acabo de proporcionarte, Marianne, y mucho más. Yo te enseñaré. —Él secó las lágrimas que mojaban sus mejillas y besó el rastro salado mientras asentía con la cabeza lentamente—. La próxima vez que sientas este placer, no serán mis dedos lo que sientas en tu interior. —Frotó la mano contra los cortos rizos y rozó el clítoris con los dedos, obteniendo en respuesta un gemido y un tembloroso escalofrío—. Será esto. —Quitó la mano y se colocó sobre ella para empujar con fuerza, enseñándole el inconfundible peso de su masculinidad.

Ella sintió cada centímetro de su erección contra su sexo a pesar de la ropa. Los empujes de las caderas de Darius la hicieron separar más las piernas. Notó su miembro sobre el vientre, pegado al hueso púbico. Por instinto ella se opuso al empuje, encontrando un ritmo fluido y primitivo en los movimientos. Algo que, por lo que pudo ver, a él le encantó.

Sonriendo, él se llevó los dedos con los que la había tocado a la boca. Lo observó rodearlos con los labios y lamerlos. Cuando los sacó, él cerró los ojos y ronroneó.

—Sabes igual que una ciruela dulce.

Ella contuvo el aliento y cerró los ojos. Verlo saborear los dedos que acababan de estar dentro de su cuerpo era tan erótico e íntimo que necesitó esconderse. Era como si él quisiera devorarla. Giró la cabeza llena de vergüenza.

—No, no, no, mi Marianne, así no. —La tomó por la barbilla y la forzó a volver a mirarlo—. No te alejes de mí. Voy a conocerte por completo, lo haré. Sabré el aspecto de cada parte de tu cuerpo, lo que sientes, lo que me haces sentir, cómo hueles y cuál es tu sabor. Cada parte de ti es hermosa… para mí… y no pienso ignorar ninguna.

No la soltó de inmediato. Siguió encima de ella durante mucho tiempo, abrazándola, besándola al tiempo que se mecía contra su cuerpo, murmurándole frases eróticas al oído. Por fin, cuando se sentía lánguida y sosegada entre sus brazos y Darius pareció satisfecho de que hubiera aceptado su declaración —que ella merecía todo lo que quisiera darle—, la soltó.

—Marianne, eres perfecta. —Y esas palabras fueron el resumen de lo que él pensaba.

«Darius, te equivocas, no soy perfecta ni de lejos. He hecho algo imperdonable».

CAPÍTULO 7

EL MATRIMONIO

Darius miró a su alrededor e intentó concentrarse en el momento en que Marianne tomó la pluma y escribió su nombre de soltera por última vez en el certificado de matrimonio. Parecía tan serena como siempre, así que era difícil juzgar lo que estaba sintiendo. Sin embargo, era plenamente consciente de lo que estaba pensando él, y eso era algo que los involucraba a los dos y lo que harían en su cama.

La boda había sido organizada con sencillez y solo asistió la familia y algunos amigos. Marianne le pidió a Byrony que fuera su dama de honor mientras que él le preguntó a su primo Alexander Rourke, lord Verlaine, si podía ser su padrino. Tanto los Rothvale como los Carston les honraron con su presencia, así como muchos otros. Siendo él un miembro respetado de la comunidad, recibieron muchas felicitaciones y sinceras bienaventuranzas.

Estaba hecho. Se habían pronunciado los votos y firmado los documentos. Marianne le pertenecía en cuerpo y alma y tal certeza suponía un auténtico alivio. Ahora solo deseaba poder estar con ella a solas y deshacerse de todos aquellos molestos invitados. A pesar de los buenos deseos de los presentes, la quería para él solo y le suponía un enorme reto sonreír complaciente y tener paciencia.

—Señora Rourke, su belleza me obnubila. Confieso envidiar la buena suerte de mi primo —elogió Alex con sincera admiración—. Es además muy evidente, por la manera en que me mira, que Darius será un tipo posesivo en lo que a usted concierne.

—Gracias por honrarnos con su presencia, lord Verlaine. —Vio que ella agradecía el cumplido de Alex con las mejillas ruborizadas; le resultó tan deliciosa que se le hizo la boca agua.

—Primo, por lo que veo sigues siendo tan sagaz como molesto, pero certero como un rayo. Mi mujer es la belleza personificada y, sí, me siento muy posesivo respecto a ella. Así que voy a darte la razón en tus afirmaciones. —Tomó la mano de Marianne y se la llevó a los labios para besarla respetuosamente—. No puedo esperar a llegar más allá —susurró, mirándola directamente a los ojos sin importarle quién le veía.

—Es evidente, Darius. —Alex se rio entre dientes—. Se lee en ti como en un libro abierto. Me alegro por ambos y os deseo lo mejor en este matrimonio. Venid pronto a visitarme a Orangewood. ¿Cuándo pensáis ir a la ciudad? Estoy seguro de que la señora Rourke encontrará las tiendas de Londres de su agrado y podrá conocer a Gray. Mi hermano lamenta sinceramente no poder asistir al enlace. —Alex hizo una reverencia—. Tomad esto como una invitación, no aceptamos un no por respuesta —les recordó antes de alejarse.

Marianne abrazó después a Byrony. Se prometieron mantener el contacto a lo largo del verano. El padre de Byrony, lord Rothvale, también les felicitó.

—Eres un hombre afortunado, Rourke, os deseo la mayor felicidad. Quería decirte que, cuando por fin puedas alejarte un par de horas de tu flamante esposa, vengas a charlar conmigo; debemos retomar el tema de participar en el Parlamento. Sé que Verlaine, siendo pariente tuyo, te apoyaría. Aunque deberías obtener algunas firmas más. La Cámara de los Comunes necesita que buenos hombres, como tú, formen parte de…

—Sí, cariño —le interrumpió lady Rothvale con una sonrisa—, pero estoy segura de que el señor Rourke tiene otros intereses en este momento. —La mujer miró a Marianne—. Querida, eres una novia preciosa y hacéis una pareja estupenda. Supe que erais el uno para otro el día del picnic para recoger fresas silvestres. Estaba segura de que no pasaría mucho tiempo antes de que Marianne George llevara un nuevo apellido. El señor Rourke solo tenía ojos para ti ese día; todavía es así. Creo que él ha hecho una elección excelente.

—Gracias por asistir, milady —repuso Marianne con una máscara de misteriosa belleza, ocultando sus sentimientos, aunque él estaba seguro de que estos se agazapaban ardientes bajo la superficie de la piel.

Él estaba loco de deseo por ella. Quería conocer a la mujer que se ocultaba bajo aquel elegante y calmado exterior. Apenas podía esperar a observarla cuando se perdiera en el placer y alcanzara el éxtasis entre sus brazos mientras le hacía el amor, unir su piel a la de ella cuando estuviera sepultado en su interior.

«¿Cuánto más tiempo tendría que esperar?».

—Gracias, milady —repuso educadamente él a la mujer—. No me queda más remedio que estar de acuerdo con usted sobre lo afortunada que fue mi elección. —Se obligó a no pensar en la maravillosa imagen de Marianne en *flagrante delicto* con él. En la expresión de su cara el día que habían montado a caballo. En la sorpresa, la pasión que mostró sobre la manta cuando la hizo alcanzar aquel primer clímax con los dedos. No podía olvidar lo suave que fue bajo sus manos y sería capaz de dar casi cualquier cosa para volver a vivir ese momento. ¡Santo Dios, moriría allí mismo, delante de todas esas personas, a causa de un ataque de lujuria por su esposa! ¿Cuánto tiempo más se quedarían? Una vez más, se obligó a seguir atendiendo a sus invitados. Antes de partir, los Rothvale les arrancaron la promesa de acudir pronto a cenar a su casa.

Sus vecinos se marcharon en medio de amables deseos y consejos. Ellos siguieron agradeciendo a sus invitados su asistencia con sonrisas y educadas palabras. Pero lo que él quería hacer realmente era arrastrar a Marianne a la habitación más cercana en la que hubiera una puerta con cerrojo y comenzar a disfrutar de la noche de bodas; sin embargo, no podía hacerlo. Tenía que mantener el decoro y permanecer pacientemente en su deliciosa compañía, más hambriento a cada minuto que pasaba.

El señor George fue el último en partir. A Dios gracias, en esa ocasión se había mantenido sobrio, pero la mirada esquiva que mostraban sus ojos le dijo que su suegro buscaría consuelo en una botella en cuanto atravesara la puerta.

Vio que el hombre miraba a su hija con lágrimas en los ojos.

—Eres el vivo retrato de tu madre, muchacha. Ella se habría mostrado gozosa en tal día como hoy. —Tomó las manos de Marianne con el cuerpo tenso —. Sé feliz con tu marido, Marianne. Quiere cuidarte. —Su suegro le miró antes de volver a clavar los ojos en Marianne. Una expresión de tristeza cubrió sus rasgos y pareció sumirse en sus recuerdos —. Desearía que tu madre estuviera aquí… y también tu… —El señor George se interrumpió de manera brusca, manteniendo la dignidad por una vez. Besó a Marianne en la frente, le saludó con un gesto de cabeza y se marchó.

El alivio que ambos sintieron fue casi palpable, aunque él sabía que era por razones muy diferentes. Imaginó que Marianne se sentía satisfecha al saber que había salvado a su padre de la ruina, algo que él estaba más que feliz de haber conseguido. Y se sentía aliviado porque su jugada había salido bien; había obtenido el premio. Ella le pertenecía. Su sueño estaba a punto de convertirse en realidad.

Darius se detuvo ante la puerta del dormitorio después de subir a la primera planta.

—Regresaré dentro de una hora. La que será tu doncella a partir de ahora te ayudará a prepararte —dijo con la voz ronca por las vívidas imágenes que sugerían sus palabras.

Marianne asintió con la cabeza y bajó la mirada sin poder evitarlo. Comprendía lo que él estaba diciendo; sabía para qué regresaría y por qué tenía que estar preparada. Darius tenía ahora derechos sobre ella e iba a ejercerlos sin titubear. Tenía el derecho de llevársela a la cama y hacerla su esposa en todos los aspectos.

—Mírame, Marianne. —Por alguna razón aquella orden la tranquilizó y cuando alzó la vista se encontró la sonrisa de Darius—. Me has hecho muy feliz. Quiero que lo sepas. Hoy has sido una novia preciosa; tu vestido era inigualable. Soy un hombre afortunado. ¿Sabes? A partir de ahora no seré solo el señor Rourke, ahora la gente añadirá algo más cada vez que se mencione mi nombre. Me conocerán como «el señor Rourke, ya sabes, el que tiene esa mujer tan guapa».

—¡Oh, Darius! —susurró ella, acercándose—. Es un cumplido precioso, pero no creo que sea cierto.

Él tomó sus manos con las suyas.

—Es absolutamente cierto. Eres preciosa y ahora me perteneces. —Se inclinó para besarla. Un suave roce en los labios y luego llevó sus palmas a la boca para besar primero una y luego la otra—. Dentro de una hora, Marianne... —Lo dijo misteriosamente, con los ojos brillantes por encima de las manos entrelazadas. Al momento, Darius se alejó, dándole tiempo para prepararse para él.

La doncella, Martha, la ayudó con eficiencia. Le echó una mano para quitarse el vestido de novia, de la seda azul más pálida que ella hubiera visto nunca. Mientras la joven preparaba la prenda para guardarla, ella pensó en su marido.

«Mi marido…».

Después de que Martha saliera de la habitación, tuvo tiempo para imaginar de cien formas distintas lo que ocurriría cuando Darius regresara. El encuentro al aire libre sobre la manta algunos días antes todavía seguía fresco en su mente. Él la había tocado y besado de muchas maneras. Le había proporcionado placer, le había hecho sentir gloriosas emociones que quería volver a vivir, pero también la había asustado.

Esa noche, Darius iba a hacer mucho más. Lo había dejado muy claro. Era el precio a pagar. Él se había casado con ella y salvado a su padre, a cambio podía disponer de su cuerpo de la manera que quisiera y cada vez que deseara. Y ella debería someterse a sus demandas.

«Sí, someterse a él».

Había aprendido que encontraba un gran placer en la sumisión. En conceder el poder a otro. En entregarse a la persona que ejercía autoridad sobre ella. Era sencillo, liberador. El acto de someterse la exoneraba de su pecado.

Darius exigiría mucho —era su manera de ser—, pero jamás le hacía sentir la impresión de que estaba haciendo algo desagradable. Era un hombre complicado y misterioso. No la obligaba a hacer nada, sino que conseguía que ella quisiera hacer lo que fuera. Había una gran diferencia entre ambas cuestiones.

Incluso sabiendo eso, la ansiedad que sentía creció inexorable hasta el punto de que se estremecía en la cama, mientras esperaba a que su flamante marido llegara y la hiciera su mujer a todos los efectos. Sin embargo, no sentía miedo de él, más bien estaba dominada por un cierto temor a lo desconocido. A veces él resultaba apabullante. E inevitable. Poderoso y necesario, las dos cosas a la vez. Quizá fuera por culpa de aquel poder que él no dudaba en esgrimir ante ella, mezclado con aquella rugiente necesidad que mostraba sin recato.

«¡Qué Dios la ayudara!».

Al entrar en el dormitorio, Darius se sintió conmovido ante la imagen de su mujer. Estaba sentada sobre sus talones cerca del borde de la cama. Con el pelo suelo, como a él le gustaba, esperándole.

«Está esperando que la posea».

Notó que ella se estremecía y la estampa hizo que le diera un vuelco el corazón. A pesar de lo mucho que la deseaba, no quería que le temiera. Deseaba que le necesitara, no que le tuviera miedo.

Ella alzó la mirada al oírlo entrar. Tenía las pupilas dilatadas, prueba irrefutable de lo inestable que estaba. Quiso acercarse con rapidez y tomarla entre sus brazos. El deseo de protegerla era casi incontenible, pero, en el momento en que él se movió, ella se irguió de golpe en la cama; parecía a punto de huir. Se detuvo en seco y arqueó una ceja.

—¿Marianne?

Ella jadeó con nerviosismo. La fina seda rosada del camisón se movió en sincronía con sus pechos cuando respiró.

¡Santo Cielo, ella era impresionante! La necesidad de acercarse a ella, de explorarla y tomar lo que era suyo se hizo más fuerte. Sin embargo, se recordó a sí mismo que debía ser precavido. No tenía intención de arrebatarle bruscamente la inocencia. Sabía que Marianne se tranquilizaría si él la tocaba y la envolvía entre sus brazos. Dio un paso adelante.

Ella retrocedió sobre el lecho; sus ojos mostraban ahora una expresión salvaje.

Se quedó paralizado ante sus jadeos.

«Marianne tiene miedo».

Ser consciente de que la había asustado le oprimió el corazón. A pesar de la intensidad de su deseo, odiaba asustarla. Sabía que tenía que ir con tiento. ¡Por Dios, no pensaba ponerse a perseguirla por el dormitorio! La relación entre ellos debía ser fluida, no así.

—¿Tienes miedo de mí, Marianne?

Ella negó con la cabeza, pero él no la creyó.

—¿Temes lo que va a ocurrir entre nosotros?

Percibió el suave jadeo que emitió antes de girar la cara.

—Presentas una bella imagen ahí sentada, en la cama, esperándome. Tengo la impresión de que llevo toda la vida anhelando este momento contigo.

Ella se puso más recta y él supo que bebía cada una de sus palabras.

—Ahora eres mi mujer y quiero estar contigo. Es como debe ser. Acércate a mí, Marianne.

Ella buscó sus ojos.

—Ven aquí, Marianne, junto a tu marido. Quiero abrazarte y besarte. Ya lo he hecho antes y te gustó, te dio placer, ¿recuerdas? ¿No quieres volver a sentirlo, Marianne?

—Sí —susurró ella con un hilo de voz apenas audible.

—Entonces ven aquí. —Le tendió los brazos pero no dio un paso más. La victoria absoluta sería obligarla a llegar a él. Creía que estaba a punto de conseguir su objetivo, sin embargo, ella vacilaba.

—Ven aquí —la animó con los dedos.

La vio dar un paso.

Él sonrió.

—Eres perfecta, Marianne. Siempre haces lo que debes hacer, ¿verdad? —Siguió tendiéndole los brazos mientras hablaba con voz tierna y la observó dar otro tembloroso paso más.

Ella respondía a su llamada.

—No hay forma de retroceder, hermosa mía. Ven a mis brazos.

Se recreó en la lenta manera en que avanzó hacia él. En la imagen que ofrecía; el balanceo de sus pechos rozando contra la seda del camisón hizo que su pene palpitara. Quería tener esos senos en la boca. Quería recrearse en su perfección, sentir su peso contra la palma; succionarlos, lamerlos y besarlos mientras estaba sepultado profundamente en su interior.

Cuando ella estuvo lo suficientemente cerca, la rodeó con sus brazos y la apretó contra su cuerpo. Sus suaves curvas encajaban con su figura. Aquello era el paraíso. Aspiró su aroma a violetas sin dejar de abrazarla.

Ella recostó la cabeza en su tórax y suspiró de manera temblorosa.

—¿Ves? No ha sido tan difícil, ¿verdad? —comentó él—. Por fin estás aquí, entre mis brazos, donde está tu lugar. —Subió las manos para envolver su cara—. Mírame. Quieres hacerlo. Percibe cuánto te necesito, mi Marianne.

Ella alzó la cara. Ver sus ojos azules era una imagen estimulante; mostraban una perfecta rendición a su mandato. Un crudo deseo lo envolvió como una ola. Se preguntó si ella podría sentirlo emanando de cada poro de su cuerpo. Por fin ocurría, ella le pertenecía y podría llevar a cabo todos esos actos que había soñado hacer con ella. Ya no era necesario contenerse, ya no.

Inclinó la cabeza en busca de sus labios mientras llevaba la mano a la parte posterior de su cabeza para aproximarla a él. El fuego se avivó en el mismo momento en que sus bocas entraron en contacto y se estremeció hasta los huesos. La necesidad de penetrarla era un resonante grito en su cerebro. Debía acceder a ella de alguna manera. La que fuera. Su lengua se abrió paso entre los labios femeninos, imitando el movimiento que haría su erección al cabo de muy poco tiempo.

La deseaba con todo su ser. Quería llenarla, perderse profundamente en ella. Le había dicho con anterioridad lo que ocurriría y era lo que Marianne estaba esperando. Ella se mostraba nerviosa y cautelosa pero él la anhelaba, y la intensidad de su deseo casi le dominaba. Pero sacó fuerzas de flaqueza para controlar aquella rugiente lujuria. Necesitaba controlarse para no volver a asustarla. Estaba decidido a iniciarla con lenta ternura.

—Ven aquí. Siéntate. —La llevó a la cama donde se sentó con ella en el regazo, besándola profundamente hasta que alcanzó la posición adecuada. El dulce y tembloroso calor de su cuerpo resultaba embriagador contra el suyo. Ya antes tenía el miembro rígido, pero ahora latía de una manera dolorosa bajo la bata. Refrenarse suponía todo un reto, pero se obligó a ir despacio.

—¿Percibes lo duro que estoy, Marianne? Es por ti —jadeó, meciendo su pene contra ella.

La joven gimió en respuesta, estremeciéndose entre sus brazos.

—Shhh, está bien. Concéntrate en lo mucho que te gusta sentirme contra ti. —Llevó las manos a su espalda y la acarició por encima del camisón de seda. Notó que ella comenzaba a jadear y estremecerse.

—No tienes miedo de mí, Marianne. Sabes que jamás te haría daño. Siempre te protegeré y preservaré. Sabes que lo haré. —Se inclinó para lamerle el cuello sin dejar de friccionar su pene contra ella—. Voy a quitarte el camisón. Quiero ver cada parte de tu cuerpo. Besarte de pies a cabeza. Tú también quieres que lo haga, ¿verdad? Dime que es así.

—¡Sí!

—Dímelo. Dime las palabras, quiero oírlas en tus labios.

—Quiero que me beses por todas partes, Darius.

—Claro que quieres, mi dulce Marianne.

Buscó el borde del camisón y lo alzó hasta su cabeza para quitárselo antes de dejarlo caer al suelo descuidadamente. La levantó de su regazo y tuvo que contener el aliento.

—¡Oh, Dios mío!

Marianne reposaba sobre la cama boca arriba, apoyada en los codos, con las piernas cruzadas a la altura de los tobillos. Él no podía hablar, solo tocarla, saborearla…, contemplarla. Un intenso deseo carnal le urgía a tenderla sobre las sábanas y poseerla de manera animal, pero se controló a duras penas.

No se dejaría llevar en esa ocasión. No quería lastimarla ni aterrorizarla… Era demasiado preciosa para él.

Comenzó a recorrerla arbitrariamente con las manos de pies a cabeza. Ahuecó los dedos sobre sus pechos, que alzó y juntó, evaluando su peso y suavidad.

—Eres un ángel; hermosa y suave. Me complaces de manera indescriptible. —Tomó un pezón entre dos dedos y observó su mohín cuando apretó. La empujó con su propio cuerpo para que se tendiera y comenzó a besarle la cálida piel que provocaba su deseo—. Quiero adorarlo con mi boca —le susurró al oído.

La escuchó gemir cuando lo capturó con los labios.

—¿Te gusta sentir aquí mi boca?

—Sí…

Buscó y cubrió el otro erguido pezón, frotando el extremo con la lengua y provocando más gemidos suaves. Incluso presa del deseo, ella seguía agitada e inquieta. Él sentía su ansiedad y sabía lo que necesitaba.

—Marianne, yo te ayudaré. Quiero que te sientas segura mientras hacemos el amor. Quieres que lo haga porque es lo que necesitas y yo siempre te doy lo que más anhelas, ¿verdad?

—Sí, es cierto, Darius.

—Voy a atarte las manos, Marianne. Quieres que te las ate. Y lo deseas porque sabes que te gustará cómo te hará sentir. Te sentirás a salvo, Marianne.

Tomó el cinturón de seda de su bata y anudó las dos muñecas juntas antes de asegurarlas al cabecero de la cama por encima de su cabeza. Se sintió satisfecho al notar que la atadura tenía el efecto de apaciguarla de inmediato. Percibió que perdía la rigidez y se ablandaba bajo sus manos. Al sentir su sumisión, comenzó a cubrirle los pechos de besos húmedos, succionando con fuerza algunos puntos que señaló con marcas de amor.

Llevó la lengua más abajo, dejando un cálido rastro hasta su ombligo, donde exploró la suave depresión con la punta de la lengua, que introdujo en la diminuta abertura. Ella se estremeció de pies a cabeza. Continuó su camino hasta el lugar que él deseaba por encima de todas las cosas.

—Separa las piernas. Quiero verte…, quiero saborearte.

Ella dejó caer la cara a un lado y a otro, negando impotente.

—No puedo hacer eso —jadeó entre dientes, sin dejar de agitar la cabeza.

—Claro que puedes… Vas a hacerlo, Marianne. —Alzó la mano y la obligó a mirarle otra vez—. Hazlo, abre las piernas.

Él se recostó a su lado y esperó.

—Serás igual de preciosa ahí, y quiero verte.

El silencio que reinaba en la estancia creció como un estruendo mientras él esperaba.

—Marianne, quieres hacerlo. Sé que quieres. Quieres mostrarte accesible para mí. Y vas a hacerlo… por mí.

Ella le miró y él le sostuvo la mirada. La estudió al detalle y, cuando vio que cambiaba la expresión de sus ojos, lo supo. Fue consciente de en qué momento cedió a él; se sometió a sus órdenes, se rindió. Él sintió que toda la sangre se le agolpaba en la cabeza, en el corazón, en el pene. En todo su cuerpo. Estaba a punto de volverse loco por el deseo que le provocaba esa mujer, el mismo que él esperaba enseñarle a ella.

Tener las muñecas atadas hacía que los pechos se irguieran orgullosos, que los pezones se ofrecieran como brotes apretados. La gravedad los inclinaba hacia el centro, separándolos levemente. Él la miro fijamente, esperando, anticipando, a punto de morir de deseo… Sintió que el rugido de su sangre, el palpitar de su corazón gritaban de tal forma que todo su cuerpo estaba concentrado en aquel anhelo esencial que ella provocaba. Tragó aire.

Ella comenzó a moverse lentamente… La vio doblar una rodilla y luego la otra. Por fin, abrió las piernas.

«¡Oh, santo Dios!».

CAPÍTULO 8

EL SAQUEO

D arius quería devorarla. Aquel fue el pensamiento que atravesó la mente de Marianne cuando vio la expresión que apareció en su cara. Parecía hambriento, famélico… Se cernía sobre ella, esperando el momento en que podría lanzarse a degustar el fastuoso festín que tanto anhelaba.

Ella estaba medio incorporada sobre la cama, con las manos por encima de la cabeza, atadas con el cinturón de la bata de Darius. Había doblado las rodillas y separado las piernas porque era lo que él le había dicho que hiciera. Si pensaba demasiado en ello se sentiría asustada, así que no pensaba… Ni siquiera tenía capacidad en ese momento de discernir sobre lo que estaba bien o mal. Darius le ordenaba que hiciera algo y ella lo hacía. Era la única manera de superar aquella experiencia.

Él inclinó la cabeza entre sus muslos, a punto de saborear su sexo. Sabía que esa era su intención, sin embargo, vio que se detenía para olerla.

¡Ay, Dios bendito! Él estaba aspirando su esencia y eso parecía excitarle y estimularle. Saber en lo más íntimo que ella le provocaba hacía que su propio ardor se incrementara.

Cuando él hundió la cabeza y separó sus pliegues como si fueran alas de mariposa, ella se tensó.

—Tranquila —canturreó él, antes de sacar la punta de la lengua. Luego comenzó a lamer su sexo con fruición, deslizándose sobre la sensible piel y presionando para abrir la hendidura como si su lengua fuera una cuchara con la que recoger su néctar.

Ella gimió, presa del éxtasis, sin poder contener los gritos. Si hubiera sabido desde el principio que iba a sentir eso, no se le habría ocurrido resistirse.

Él alzó la cabeza para hablar.

—Eres deliciosa. Quiero recordar siempre tu sabor cuando todavía eres inocente…, antes de que te posea. Así jamás podré olvidar lo perfecta que eras en este momento.

Ella notó que se le llenaban los ojos de lágrimas ante tal declaración. Darius no quería olvidar su sabor virginal, pero ella jamás podría olvidar sus palabras. Era como si él se hubiera introducido en lo más hondo de su pecho y hubiera capturado su corazón con ambas manos.

Le vio inclinar de nuevo la cabeza.

«¡Oh, sí! ¡Más, por favor!». Notó que él trazaba círculos con la punta de la lengua por todo su sexo menos en aquel brote inflamado, la zona que más contacto demandaba. De hecho, lo rodeó varias veces sin llegar a rozarlo. Al mismo tiempo, introdujo dos dedos en la entrada de su vagina y ella tensó instintivamente los músculos interiores para oponerse a la penetración.

Él los retiró lentamente sin dejar de acariciarla con la lengua… ¡Santo Dios! Se había convertido en su esclava; si se detenía, ella moriría. Sus pliegues estaban cada vez más mojados, hasta que se sintió empapada. Estaba preparada para albergarle en su interior. Quería sentirse llena.

En ese momento, Darius se detuvo y levantó un poco la cabeza.

—¿Te gusta, Marianne? ¿Sientes placer? —le preguntó, contemplándola. Tenía la boca brillante, los labios estaban cubiertos con su esencia y refulgieron cuando le hizo la pregunta.

—¡Sí!

—¿Me deseas? ¿Quieres tenerme dentro?

—¡Sí!

—¡Dímelo!

—Te deseo. Por favor…, ¡quiero tenerte dentro!

Él la premió. Ella entendió que la recompensaba por su obediencia. Volvió a bajar los labios y los puso justo encima de su clítoris para comenzar a lamerlo.

Alcanzó el clímax. Su cuerpo se tensó al notar que la succionaba, que apresaba el hinchado brote; esa parte de su cuerpo capaz de arrastrarla al paraíso.

—¡Darius! —gimió en voz alta cuando el éxtasis creció imparable, apoderándose de ella, haciendo que se arqueara y corcovara contra los dedos, los labios y la lengua de su marido. No había nada en el universo que pudiera compararse a los fragmentos de placer que la atravesaban, con la exquisita magnificencia que él podía crear con su boca.

Darius pensó que escuchar cómo Marianne gritaba su nombre era un regalo divino. Observar la manera en que sus labios formaban los sonidos era un momento de plena intimidad con ella.

Sin embargo, no podía esperar más. Tenía que introducirse en su cuerpo ya, descubrir lo que era estar dentro de ella cuando alcanzara el clímax.

La bata se abrió sola cuando se incorporó muy despacio para penetrarla. Puso el glande hinchado ante la cálida y anegada abertura y pensó en lo placentero que resultaba ese primer contacto. La sensación de estar a punto de poseerla de verdad, de conocer su sexo, le hizo contener el aliento.

Cerró los dedos en torno al pene y frotó la punta contra los empapados pliegues antes de introducir el glande y presionar hasta que se topó con una barrera. Sabía lo que era: su himen. Se apoyó en las rodillas y se balanceó sobre ella mientras apresaba sus caderas con las manos para alzarla hacia él.

—¡Ahora, Marianne! Por fin serás mía. —Ella dejó caer la cabeza justo en el momento en que él se clavó hasta el fondo. Marianne le entregó su cuerpo cuando él rompió la barrera. El suave grito femenino rompió el silencio… y su corazón. Odiaba tener que hacerle daño.

Su pene se deslizó dentro de ella como una espada en su funda. Lo aceptó por completo como parte fundamental de su cuerpo… Y fue glorioso.

—¡Ah…, eres increíble, Marianne!

Los palpitantes músculos internos se ciñeron ferozmente en torno a su eje. El placer de estar por fin dentro de ella era muy superior a cualquiera de sus más descabelladas fantasías. Se quedó inmóvil durante un rato, dándole la oportunidad de acostumbrarse a su tamaño. La empapada funda se amoldaba con firmeza alrededor de su ardiente y duro miembro.

El placer era indescriptible. ¡Santo Dios!

La necesidad de besarla se veía incrementada por el conocimiento de ser plenamente consciente de dónde se encontraba en ese momento. Se inclinó para apoderarse de sus labios y cubrió su boca por completo para introducir la lengua en la dulce cavidad. Ella se movió bajo su cuerpo al tiempo que emitía un gemido ahogado: eran solo un leve contoneo y un ligero lloriqueo, pero juntos resultaban una señal. Una suave expresión de sumisión y deseo que le indicaron que estaba preparada.

Se retiró poco a poco de su sexo y de su boca, aunque al instante volvió a zambullirse en ambos puntos a la vez. La sensación era deliciosa.

«¡Sí! ¡Oh, sí! ¡Oh, sí!».

Su sabor era tan exquisito que, una vez probado, resultaba imposible contenerse y él se dejó llevar hasta perderse en ella. Empujó con fuerza y suavidad, disfrutando del agarre húmedo al que era sometida su erección. Lo que sentía era tan bueno que estaba dispuesto a explorar durante el resto de su vida la hipnótica funda que se escondía entre sus dulces muslos.

Siendo consciente de que acababa de perder su inocencia, no quería poseerla con demasiada dureza, pero la urgencia de hacerla suya disolvió cualquier sensibilidad.

«¡No soy un monstruo, pero quiero poseerla a fondo!».

¡Santo Dios, esa mujer era maravillosa! No podía detenerse. Se sumergió y se retiró de ella una y otra vez al tiempo que le sujetaba las caderas con las manos para inmovilizarla mientras intensificaba el ritmo de los envites. Una humedad oscura impregnaba su verga cuando se retiraba: la sangre virgen de Marianne. Aquello le inflamó todavía más, igual que el conocimiento de saber que era el primero que se internaba en su cuerpo, que solo él la disfrutaría.

Observar cada una de las embestidas le impulsó a penetrarla con más rapidez. Le daba la impresión de que su glande comenzaría a arder en cualquier momento. La sensación crecía imparable, la erupción se aproximaba, la necesidad de alcanzar la liberación era demasiado intensa para contenerse. Sus testículos se contrajeron y se dejó llevar por el clímax.

—¡Marianne! —Derramó su cálida semilla en el interior de su esposa. Su miembro seguía palpitando al compás de sus envites mientras continuaba acariciándola. Se vertió por completo antes de aminorar el ritmo hasta quedarse inmóvil.

«¡Su semilla estaba finalmente dentro de ella! ¡Era suya!».

Perdió el sentido del tiempo después de aquello. No supo cuántos minutos pasó flotando en la sensación de extrema dicha que provocaba en él haberla reclamado por fin. Notó que ella se movía bajo su cuerpo.

—¡Oh, Marianne! —Rodó a un lado. Acarició sus pechos y la besó en el hombro, en el cuello, hasta alcanzar finalmente sus labios. Después la tomó en sus brazos y la estrechó con fuerza.

«Eres mía».

Sus gestos debieron de conmoverla profundamente porque se puso a llorar, embargada por la sensibilidad del momento. Marianne se aferró a él, apretándose contra su cuerpo y enterrando la cara en su pecho.

«Mía».

Aquellas no eran las reacciones que él esperaba ni tenían sentido alguno para él. Era evidente que sentía algún pesar, pero, al mismo tiempo, se aproximaba en vez de escaparse.

—¿*Mia cara*, cariño? —preguntó él con suavidad—. ¿Te he hecho daño?

—No, no me has lastimado —repuso ella con sollozos entrecortados.

—¿Estás asustada?

—No. —Más sollozos atravesaron su cuerpo.

—Me alegro. Preciosa, ¿por qué lloras?

Ella meneó la cabeza.

—Dímelo, Marianne. Debes decírmelo.

El desasosiego que ella sentía se clavó en su corazón como un puñal. No quería verla triste; quería verla feliz, contenta, satisfecha… Deseaba que sintiera placer y ser él quien se lo proporcionara. Que necesitara sus caricias, que las deseara con ardor.

«Mía».

Se dirigió a ella con aquella voz tranquila a la que tan bien respondía sin dejar de pasarle las manos por la espalda.

—Quieres decirme qué te ocurre, Marianne, y vas a hacerlo.

Ella enterró la cabeza en su pecho y suspiró.

—¡Eres tú! ¡Me haces arder c-c-como el fuego! N-no sabía q-que sería a-así. —Notó que ella se estremecía sin control. Un profundo alivio le embargó.

«Era perfecto, justo como él sabía que sería».

—Mmm… Es así como debe ser, mi preciosa esposa. Me alegro de habértelo mostrado. Adoro conseguir que ardas por mí y continuaré haciéndolo una y otra vez. Tú también haces que yo arda. —Le cogió la cabeza para mirarla a los ojos—. Esto es solo el comienzo, preciosa. He soñado contigo, con hacer esto contigo, con descubrir cada parte de ti, *mia cara…*, cariño.

«Mía».

Capítulo 9

La lección

Darius se despertó en medio de la noche. El viento rugía con fuerza en el exterior, sacudiendo los árboles contra la casa. Algo no estaba bien… Ella no estaba a su lado en la cama.

—¿Marianne? —No pudo ocultar el tono de pánico de su voz. Incluso él mismo lo notó.

—Estoy aquí —repuso ella con suavidad.

Siguió el sonido hasta la chimenea, donde ella estaba sentada ante el fuego, abrazándose las rodillas. Se había vuelto a poner el camisón y la diáfana prenda se extendía a su alrededor sobre la alfombra. Los rizos, largos y oscuros, le cubrían los hombros y parte de la espalda.

«Parece una diosa. Y ahora era suya. Realmente suya».

Se apoyó en los codos.

—¿Qué haces ahí?

—Estaba pensando.

—¿En qué, cariño?

—En muchas cosas.

—¿Te encuentras bien, Marianne?

Ella le miró. Sus ojos transmitían misterio y comprensión al mismo tiempo.

—Sí, Darius.

Él se puso la bata antes de acercarse a la alfombra. Se arrodilló frente a ella. Durante un buen rato la miró fijamente, recreándose en la imagen.

«Era preciosa».

Marianne le sostuvo la mirada y esperó.

—Eres preciosa. Tu cuerpo es incomparable. Quiero verte. Quítate el camisón, Marianne. Quieres quitártelo para que te vea, ¿verdad?

—Sí —aseguró ella.

Él la observó ponerse de rodillas y buscar el bajo de la prenda antes de quitárselo por la cabeza.

Una mujer espléndida, eso era Marianne. Impresionante en todos los aspectos. Poseía unos pechos deliciosos, con los pezones de un oscuro tono rosado que se endurecieron bajo su penetrante mirada. Estaban marcados con las señales que él le había hecho antes, cuando hicieron el amor. Vientre plano, cintura de avispa y caderas exuberantes que enmarcaban la oscura V de rizos que cubría su monte de Venus. Aquel lugar misterioso que él quería conocer durante el resto de la eternidad. Quería perderse en su interior otra vez. ¡No! *Tenía* que estar dentro de ella otra vez.

Y aquellos ojos, que siempre esperaban…, esperaban… Que le miraban pidiéndole que le dijera qué hacer.

Marianne observó cómo Darius se abría la bata. Pensaba que el cuerpo de su marido era mucho más hermoso que el suyo. La perfección física absoluta. Suave piel dorada, musculosos pectorales cubiertos por una fina capa de rizado vello oscuro que se convertía en una flecha en los abdominales, por donde bajaba hasta su sexo. Estaba sentado delante de ella, mostrándole su duro pene. Era evidente que la necesitaba otra vez, que su desnudez le excitaba, que quería poseerla otra vez. Ella lo sabía.

Recordó lo que había sido estar con él. El íntimo y tempestuoso furor. Darius se había internado en el interior de su cuerpo donde palpitó y empujó de una manera salvaje, llenándola hasta el fondo. La premió con su semilla y le proporcionó sensaciones que jamás había imaginado.

Una vez le había dicho que era muy hermosa cuando alcanzaba el placer y que le gustaba observarla cuando llegaba al éxtasis. Ahora comprendía lo que había querido decir. Dónde residía la belleza. Él le había parecido hermoso cuando se derramó en su interior, cuando alcanzó la liberación. Había gravitado sobre ella con el cuello y los brazos rígidos, cargando su peso en las caderas mientras la miraba con ojos brillantes. Le había visto abrir la boca en un jadeo silencioso antes de que gritara su nombre. Y toda esa escena había sido de una belleza sublime.

Saber que era ella la que le daba placer se convertía en algo así como una droga y la había afectado de una manera muy extraña. No había tenido intención de ponerse a llorar como un bebé, pero, cuando todo acabó, las emociones la desbordaron y no pudo contenerse. Había estallado y sabía muy bien por qué; le remordía la conciencia el sentirse tan feliz. No era justo que ella tuviera tanto y Jonathan solo una fría muerte.

Sin embargo, al verla llorar, Darius había sido muy dulce con ella, consolándola y acariciándola sin parar. Él era bueno para ella. Insistió en limpiarla con una tela húmeda. Sus manos habían sido tiernas cuando retiraron cualquier rastro de su virginidad y de su propia semilla. Ya no soy doncella, pensó con gran alivio, feliz de que la experiencia hubiera resultado tan gratificante y no la dura prueba que tanto había temido. Se había sentido realizada. Había sido una buena experiencia. Todavía más, había sido maravillosa

Darius continuaba mirándola a los ojos. Su miembro, duro y erecto, apuntaba en su dirección;

parecía indicarle que la deseaba otra vez…, con intensidad. Marianne quiso tocarle y besarle allí, igual que él había hecho con ella, pero esperó a que fuera él quien se lo pidiera. Su voz lo era todo para ella. No solo por las palabras que pronunciaba, sino también por el tono, el sedoso canturreo que la hechizaba por completo.

—Tócame, Marianne. Quieres rodear mi pene con los dedos y tocarlo de arriba abajo.

Ella se inclinó y tomó la rígida erección con la mano. La punta de sus dedos no llegaba a rozar el pulgar. Lo acarició de la punta a la raíz, como él le había pedido, fascinada por la aterciopelada suavidad de la piel que lo cubría. Apareció una gota de humedad en la diminuta hendidura del glande cuando repitió el movimiento. Escuchó un leve sonido húmedo, la abertura se abría y cerraba cuando ella pasaba la mano. El brillante fluido mojaba ahora toda la rendija. Quiso saborearlo, pero volvió a aguardar a que él se lo dijera.

—Chúpame. Lame mi verga, Marianne. Quieres lamerla, besarla, albergarla en tu boca y succionarla con esos dulces labios con sabor a fresa.

Ella se inclinó hasta que pudo rozar el tembloroso miembro con la punta de la lengua y saboreó las gotas que cubrían la rendija. El sabor de Darius era picante y algo dulce. Sacó más la lengua y lamió con fruición el diminuto hueco sin dejar ni rastro. Escuchó que Darius gemía por encima de ella. Ese sonido la calentó por todas partes. Y, aun así, siguió esperando que la dirigiera.

—Métetela en la boca por completo —ordenó él jadeante.

Deslizó la rígida carne en su boca y, aunque tuvo que abrir al máximo las mandíbulas para albergar su anchura, le gustó la sensación de estar llena. El picante aroma masculino inundó sus fosas nasales, mezclado con los restos de lo que habían hecho antes y su propio olor.

Se dio cuenta de que hacer aquello era correcto. Era lo que más quería.

Bajó la cabeza poco a poco hasta que sintió la punta del miembro en el fondo de la garganta. Aquello la excitó; le gustaba tener su pene dentro de la boca.

Darius llevó las manos a su cabeza y enredó los dedos en su pelo para inmovilizarla mientras empujaba lentamente dentro y fuera, buscando un ritmo parecido al que habían encontrado antes.

—¡Dios mío! Eres maravillosa. La sensación que me provoca tener tus labios alrededor… ¡Ahhh!

Siguió acariciando su carne con los labios y así habría seguido si él no hubiera detenido sus movimientos después de un rato. Sin dejar de sujetarle la cabeza, Darius se retiró. Ella se sintió un poco perdida cuando él abandonó su boca. ¿Por qué quería que se detuviera? Se incorporó y se sentó sobre los talones antes de esbozar una pequeña sonrisa. Se relamió los labios, frotándolos lentamente con la lengua.

Él tomó su mano y se llevó los dedos a la boca para acariciarlos con los labios.

—No quiero alcanzar el orgasmo todavía —le explicó—. Quizá más adelante quiera derramarme en tu boca, pero no en esta ocasión —susurró con suavidad.

Ella le devolvió la sonrisa, presa del deseo.

«Es mío».

Sí, le gustaría hacerle eso, pensó mientras recordaba lo exquisito que fue sentir su boca cuando él le había dado placer de aquella manera.

Darius volvió a abalanzarse sobre ella. Ahuecando una mano en la parte trasera de su cabeza y bajando la otra hasta acariciar la base de la columna, se inclinó para besarla. Ella percibió el persistente sabor masculino en su propia lengua cuando él la frotó contra la suya.

—Ven aquí. Móntate sobre mi regazo. Siéntate encima de mí.

Ella separó las piernas dobladas y las apoyó a ambos lados, arrodillándose. La cálida erección quedó entre sus muslos, erguida contra su ardiente sexo. Y eso la hizo volver a sentir un incontrolable deseo.

Él mismo se guio. Tomó la erección con una mano y comenzó a frotar el glande contra sus resbaladizos pliegues. ¡Oh, santo Dios! Aquella sensación era indescriptible. Gimió prolongadamente mientras se apretaba con fuerza contra él; buscándole, necesitándole, muriéndose de anhelo.

«Te necesito en mi interior. Duro y profundo... ¡Ya!».

—¿Quieres volver a sentirme dentro de ti, Marianne? Dímelo, preciosa.

Ella no se contuvo más.

—¡Quiero tenerte dentro, Darius!

Él la complació gustoso. Los gemidos de satisfacción de los dos rompieron el silencio cuando se deslizó en su interior, llenándola por completo.

—¡Cabálgame! ¡Cabalga mi verga, Marianne!

Ella se sostuvo aferrándose a sus hombros y comenzó a mecerse de arriba abajo por toda la longitud mientras Darius ponía las manos en sus nalgas para ayudarla.

Siguió contorsionándose sobre él, pensando que ni siquiera se avergonzaba por lo que parecía o la estampa que presentaba. Lo que estaban haciendo era sorprendente, pero tan satisfactorio que podría morirse en aquel momento y no le importaría. Le necesitaba, quería que embistiera con dureza. La sensación que provocaba en ella saber que estaba clavándose una y otra vez con aquellos movimientos era sublime, igual que lo era la certeza de que era ella la que marcaba el ritmo en esta ocasión. Subía y bajaba, se dejaba caer sobre su miembro una y otra vez.

Se sentía feliz al saber que Darius permitía que le tomara de esa manera, que quisiera hacerlo como ella deseaba.

Sus pechos se balanceaban con los movimientos ante la cara de su marido, que capturó primero un pezón y luego el otro para chuparlos con fruición, profundamente, hasta casi hacerle daño con la boca. Aquel dulce aguijonazo unido a la fricción de su pene contra el clítoris la hizo gritar de éxtasis.

Se movieron juntos con frenesí. Arriba y abajo, avanzando y retirándose. Sintió los primeros espasmos y se concentró en ceñir el miembro con todas sus fuerzas. Debió de excitar todavía más a Darius con sus trémulos gritos de pasión, porque provocaron en él una liberación explosiva.

—¡Ahhh! ¡Ohhh! ¡Marianne, me corro!

Sintió que él se ponía incluso más duro, algo que parecía imposible, poco antes de expulsar su semilla. Notó el latido del pene en su interior y pudo oler el aroma carnal que recordaba de antes.

Él siguió moviéndola arriba y abajo hasta que explotó. Le clavó los dedos en las nalgas y con un empuje final ambos alcanzaron el clímax. La aplastó contra su pecho mientras su miembro se estremecía espasmódicamente en su interior.

—*Bellissima,* eres espléndida —jadeó él casi sin respiración.

Superado ya el frenesí por alcanzar el éxtasis, se acariciaron el uno al otro. Ella le frotó la espalda al tiempo que le besaba la clavícula. Él lamió el lugar que parecía haberse convertido en su favorito, el punto de unión del cuello y los hombros, sin dejar de acariciarle las caderas. Permanecieron enlazados durante mucho tiempo.

Ella sintió que la erección se ablandaba poco a poco en su interior.

Finalmente, él se puso en pie con ella en brazos. La dejó en el suelo para besarla profundamente en la boca y la estrechó entre sus brazos sin interrumpir el contacto con sus labios.

Fue él quien la llevó a la cama, depositándola sobre el colchón mientras le daba tiernos besos por todo el cuerpo. Sin dejar de mirarla, se tendió junto a ella. El contacto de las manos de Darius era siempre suave y tierno, algo que casi la llevó de nuevo al borde de las lágrimas.

—Respondes a mí con mucha dulzura, mi Marianne. Sentir tu piel contra la mía es increíble.

Ella se pegó a él y se permitió disfrutar de la cercanía de aquel cuerpo escultural.

Se miraron a los ojos, tumbados de costado, estudiando cada rasgo del otro. Ella aprendió de memoria cada línea, cada ángulo, cada sombra de su bien parecido rostro.

—Me alegro, Darius, eso es lo que deseo… —dijo ella, suspirando al sentirse segura entre sus

brazos, porque apreciaba mucho la paz que hallaba en ellos—. Lo que quiero. Hace que me sienta
mejor. Tú sabes lo que necesito.

Él se rio entre dientes, acariciándole el pelo.

—Lo sé, Marianne, y siempre te daré lo que
necesites en cada momento. Es mi deber cuidarte
y protegerte; es un placer para mí conseguirlo.
Preciosa…, eso es lo que eres. Preciosa y perfecta
para mí, Marianne.

«¡Estoy muy lejos de ser perfecta, Darius!».

CAPÍTULO 10

LA REALIZACIÓN

Darius contempló a Marianne, todavía dormida en la cama. Su pelo se esparcía sobre la almohada como un halo lustroso. La sábana se había desplazado exponiendo ante su vista uno de sus pechos. Él contuvo el aliento. Era muy hermosa. Provocaba en él una admiración tan poderosa como un puñetazo en el estómago; casi le causaba dolor. Se sorprendió de lo irreconocible que se había vuelto para los que conocían al hombre que había sido hasta entonces. Durante el último mes había cambiado. Ella lo había cambiado.

Como nueva ama de una propiedad tan grande, había muchos asuntos de los que tomar las riendas y ponerse al corriente. La casa recibía el nombre de Stonewell Court debido a la piedra gris con que estaba edificada, típica de la costa sur de Inglaterra. El mar se veía desde el segundo piso del edificio, algo que encantaba a Marianne. Se lo había comentado con entusiasmo, y él no se olvidaba de detalles como ese.

Marianne tenía que ser presentada a un buen número de criados. El señor y la señora West eran los que dirigían casi todos los aspectos de la propiedad y la casa. El señor West era el mayordomo y su esposa, el ama de llaves.

También estaban los perros. Darius tenía dos loberos, Brutus y Cleo, que se quedaron prendados de la nueva ama. Si Marianne estaba en el exterior, ellos la acompañaban. Y, cuando les permitían permanecer en el interior de la casa, los dos se tumbaban a sus pies. Ella aseguraba que no le importaba y él bromeaba diciendo que le había robado la lealtad de los chuchos. A pesar de todo, se alegraba para sus adentros de que a ella le gustara la compañía de los animales, puesto que su protección le hacía relajarse un poco.

Aquella mañana en concreto, sin embargo, prefería tenerlos lejos para poder recrearse en los femeninos encantos de su esposa mientras ella dormía.

Contuvo el aliento al verla abrir los ojos, tan azules.

—Buenos días, preciosa. Dirás que menudo mirón que soy, dedicándome a observarte de manera lasciva mientras duermes antes de marcharme. —Estiró el brazo para rozar los nudillos contra la rotunda y pálida curva de su seno y el pezón se endureció en respuesta.

Ella le atrapó la mano y se la llevó a los labios.

—¿Tienes que irte?

Él asintió con la cabeza.

—Primero tengo que reunirme con los administradores y luego tengo pendiente un negocio con Graymont sobre un pedido.

—¿Cuándo estarás de vuelta, Darius?

Él sonrió.

—¿Me echarás de menos hoy, mi dulce esposa?

Ella asintió levemente antes de bajar la vista.

—¿Quieres decirme algo, Marianne?

—Sí.

—Entonces dímelo. Cuéntame eso que quieres que sepa.

Ella vaciló antes de responder. Él notó que estaba intentando elegir las palabras más adecuadas.

—Me alegro de que te hayas quedado hasta que despertara. No te vayas nunca sin despedirte, Darius. Necesito saber que te vas. —Lo miró a la cara con solemnidad; la de ella era una hermosa e intrigante máscara.

—Te lo prometo, cariño. —Se inclinó y la besó en la boca, en el cuello y por fin en el pecho desnudo. Cubrió el pezón con los labios y lo rozó con los dientes—. No te imaginas lo mucho que me gusta tu sabor —gimió. Cuando ella se arqueó, estuvo a punto de mandar todo al diablo y regresar a la cama con ella.

Eso era lo que ella provocaba en él; la necesidad de poseerla no cesaba nunca. Mañana, tarde, noche…, no importaba. Un simple vislumbre de su cuerpo, un gesto… y estaba perdido. Su pene se endurecía cuando ella estaba presente. Se preguntó si esa necesidad de sexo se aplacaría en algún momento. Cuantas más veces la poseía, mayor era su deseo por ella.

—¿Qué piensas hacer hoy, Marianne?

—He pensado que podría ir a visitar a papá.

—Muy bien —repuso él en voz baja—. Por favor, lleva a los perros contigo, y no te quedes demasiado tiempo. Acuérdate de que esta noche cenamos en cada de los Rothvale.

—No me había olvidado.

Sin embargo, cuando por fin él salió del dormitorio, estaba intrigado. Era la primera vez que Marianne le pedía algo. Tenía que estar más pendiente de ella para asegurarse de que no carecía de nada; sabía que ella no le pediría cosas materiales.

No obstante, ella se mostraba muy firme sobre algunas cuestiones. Había continuado cuidando a su padre después de la boda. Iba a visitarlo a su antigua casa, un lugar que ahora le pertenecía. Era algo que él no aprobaba, pero transigía. Su esposa era una hija abnegada. Obedecer era una compulsión en todos los aspectos de su naturaleza.

Sospechaba, y con razón, que ella necesitaba seguir ocupándose de su padre. Y, siendo también él un hijo obediente, la entendía muy bien.

Intentaba ser un marido atento y dedicado. Si era sincero consigo mismo, reconocía que no podía mantenerse alejado de ella demasiado tiempo. Sabía que era muy exigente y que su apetito carnal era grande, pero ella le aceptaba con dulzura y él le proporcionaba placer. Querer tenerla cerca, tocarla todo el tiempo, era su respuesta instintiva. Le costaba mucho esfuerzo mantener las manos alejadas de ella cuando estaba a su alcance, y no solo porque la deseara sexualmente. La buscaba porque le gustaba disfrutar de la intimidad que compartían en cualquier situación. La naturaleza generosa de Marianne solo hacía que la quisiera más. Y había otra razón que él conocía muy bien; llevaba muchos años deseándola en silencio, pero ahora sabía que sus sentimientos eran más que mero deseo. Mucho más. Se había enamorado completa y perdidamente de su esposa.

Una vez hubo regresado de resolver sus negocios, Darius buscó a Marianne. La encontró en la biblioteca. Presentaba una preciosa estampa junto a la ventana, leyendo un libro bajo la luz que atravesaba los paños de vidrio. Al escuchar sus pasos, ella se volvió hacia él.

—Ya has vuelto.

Él la saludó con la cabeza al tiempo que se apoyaba en el marco de la puerta. Se sentía salvaje; su pene volvió a la vida cuando ella sonrió. Notó que sus ojos azules brillaban con intensidad nada más verla.

Contuvo la respiración antes de respirar hondo. Su miembro se endureció todavía más, oprimido por los pantalones. Entró y cerró la puerta con cerrojo.

—Pareces irritado, Darius. ¿Lo estás?

Él asintió con la cabeza y dio un paso hacia ella.

—¿Por qué estás irritado, Dar…?

Fue a por ella. Cayó sobre su esposa como un lobo sobre un conejo al que acechara. El libro se deslizó al suelo con un ruido sordo que retumbó en las paredes. La inmovilizó contra la ventana con un único pensamiento en la cabeza.

«Porque necesitaba hacerla suya».

—Lo siento, preciosa, llevo todo el día pensando en ti y necesito poseerte ahora mismo.

—¡Ohhh, Darius! —gritó ella cuando él la tomó en brazos y la puso sobre el escritorio.

Aquella franca declaración sirvió de acicate para que la necesidad que tenía de ella alcanzara alturas inimaginables. Le subió las faldas y le separó las piernas antes de abrirse la bragueta para liberar su erección y sumergirse en ella hasta el fondo. Bajó la vista para observar cómo su miembro desaparecía entre los oscuros pliegues rosados de su sexo, estudió cómo la dilataba al tiempo que sentía aquel exquisito calor y notó una opresión en el pecho. Al retirarse, su pene brillaba hinchado y mojado por los jugos de Marianne.

—¡Santo Dios! ¡Siempre estás mojada, preparada para mí! —Que ella fuera siempre tan receptiva le encendía todavía más—. ¡Siempre estás así, Marianne! ¡Dios mío, es tan placentero... tener... mi verga... dentro... de... ti...! —Marcó cada palabra con una profunda embestida.

Sabía que aquellas frases atrevidas la excitarían también a ella. A su Marianne le gustaba que fuera grosero en la cama.

Siguió clavándose en ella, perdidos los dos en el placer. Su pene estaba siendo ceñido al máximo por el apremiante agarre de los músculos internos de Marianne. Notó que ella se tensaba, preparándose para la deliciosa y serpenteante recompensa del orgasmo. Marianne gritó su nombre cuando las sensaciones la sobrepasaron y se estrelló contra él, arqueando la espalda de manera salvaje, perdida en sus brazos.

Ver cómo ella alcanzaba el éxtasis era lo más hermoso que había visto nunca, pensó. Presenciar el momento justo en que perdía la consciencia lo condujo a su explosiva liberación. Sintió que le apresaba el pene con sus músculos internos y tuvo que dejarse llevar.

Se derramó en su interior, vertiendo chorro tras chorro dentro de su vientre, justo donde necesitaba hacerlo. Le gustaba pensar que ella estaba llena de su semilla. Imaginó que eso satisfacía alguna primitiva necesidad masculina de copular con ella para producir herederos. No estaba seguro de que fuera esa la razón, pero, sin importar por qué, necesitaba soltar su semilla dentro de ella, y cuanto más profundo, mejor.

Marianne se conmovió ante aquellas lujuriosas palabras y la enérgica sesión de sexo. Le encantaba la manera en que Darius la hacía sentir cuando la deseaba con aquella intensidad, como si la necesitara para seguir viviendo, para continuar con su vida. Como si ella fuera la única que pudiera satisfacer sus ardientes pasiones. Al menos era así como la hacía sentir. Incluso aunque no fuera cierto, todavía lo abrazaría por el placer que le daba a ella.

Cuando por fin se detuvo, permaneció inclinado sobre ella, abrigándola con su cuerpo mientras ella yacía sobre la mesa.

—*Mia cara..., ti amo* —susurró él.

A pesar de lo bajo que dijo esas palabras, de que solo las cuchicheó, ella las escuchó. Y supo lo que significaban. Ella no tenía un dominio fluido del italiano, pero era consciente de que él había dicho «te amo».

Se puso rígida entre sus brazos y sintió que desaparecía la paz recién hallada, que se disolvía como el humo en el aire.

Esperó. Esperó que él le pidiera que le dijera lo mismo. Sabía que podía hacerlo, pero rezó para que no se le ocurriera tal cosa. No se veía capaz de pronunciar esas palabras. El corazón se le aceleró en el pecho y sintió que se ahogaba, que necesitaba aire.

Pero Darius no le pidió que repitiera sus palabras. Aquella orden no salió de sus labios y ella se sintió aliviada según fueron pasando los minutos.

Tampoco se las dijo voluntariamente.

Eran palabras sencillas pero muy poderosas.

Se preguntó si él se habría dado cuenta de lo que le había dicho. Si había sido sincero o solo se había dejado llevar por la pasión del momento. Sabía que el sexo era la mejor manera de desahogarse y que hacía caer las reservas interiores.

Al menos para ella.

Capítulo 11

La sorpresa

Dime, querida, ¿has seguido dibujando?
—le preguntó lord Rothvale en la cena.

—Sí, milord. Intento reservar tiempo para ello al menos una vez a la semana —repuso Marianne.

—Bien, he visto tu trabajo y es muy bueno. ¿Has considerado alguna vez dedicarte a ello?

Ella negó con la cabeza.

—No, milord. Quien tiene talento de verdad es Byrony. Sus retratos son mucho más intuitivos. Estoy segura de que llegará a ser famosa. Yo, sin embargo, me tomo la pintura como una simple actividad en la que dar rienda suelta a mi creatividad; además, parece que solo me gusta pintar el mar. Es el tema que repito una y otra vez en mis cuadros.

Lord Rothvale le dio una palmadita en la mano.

—Eso tiene sentido, cariño —aseguró él con cordialidad. A continuación, el hombre se dirigió a Darius—. ¿Qué opinas del talento artístico de tu mujer, Rourke?

—Bueno, creo que es una artista consumada. Me gusta observarla mientras trabaja. Cuando se concentra, frunce el ceño y estudia el paisaje marino con una intensidad fascinante. Sin embargo, es muy concienzuda. Jamás está satisfecha con lo que plasma en los lienzos, cuando para mis ojos sería digno de colgar en la National Gallery —aseguró Darius.

Lord Rothvale se rio entre dientes.

—Supongo que conseguir tal cosa será el trabajo de mi vida, y es tan difícil como lo suelen ser los empeños importantes. Nos aseguraremos de dejarle una buena pared. —Guiñó el ojo a Marianne—. Ojalá pudiera conseguir que tu marido se entregase al servicio público; imagina lo que podría lograr un hombre como él en el Parlamento. ¿Qué opinas, Rourke? ¿Te animas a presentarte para ser elegido por el distrito de Kilve?

—Estoy pensándomelo, milord —aseguró Darius, mirándola a ella. Había deseo en sus ojos y ella supo que en ese momento en concreto no estaba absorto precisamente en política. Su mente se hallaba perdida en lo que quería hacerle a ella cuando la tuviera para él solo.

La concentración que había en sus ojos solo se incrementó de camino a casa. Darius permaneció sentado frente a ella, en el carruaje, recorriéndola con la mirada en un famélico barrido que no dejaba dudas sobre las ideas que giraban en su cabeza. Marianne se estremeció de anticipación, notando que cada vez estaba más mojada entre los muslos. Al parecer, la frenética sesión en la biblioteca, antes de la cena, solo había estimulado la necesidad de un encuentro más reposado esa noche.

—Ven tú a mi habitación en esta ocasión —le susurró él al oído cuando la escoltó hasta la puerta del dormitorio—. Estaré esperándote, preciosa… Y no te molestes en ponerte demasiadas prendas encima. —Le brindó una sonrisa de oreja a oreja digna de un demonio. Un demonio muy guapo, pero también muy lascivo.

Eligió uno de sus nuevos camisones franceses, un diseño exclusivo de *madame* Trulier. La seda era azul celeste y dejaba al descubierto mucha piel, poseía un escote muy profundo y carecía de mangas. El corte había sido diseñado para enfatizar cada curva femenina. Darius le había dicho que no se cubriera demasiado y sin duda le estaba obedeciendo. Sin embargo, tampoco importaba mucho o poco lo que llevara puesto, pues sabía que no permanecería sobre su cuerpo demasiado tiempo. Él precisaría de un solo instante para desnudarla.

Cuando abrió la puerta que cerraba el dormitorio principal, notó que se le tensaban los músculos del abdomen y que parecía faltarle el aire. El efecto que tenía Darius sobre ella era siempre igual. Él no le daba miedo —estaba segura de que jamás le haría daño—, pero la ponía nerviosa…, muy nerviosa. En el momento en que su marido quería mantener relaciones sexuales, ella se tensaba. No porque no compartiera sus deseos, sino porque sí lo hacía. Él era un amante diestro, capaz de arrancar a su cuerpo unos placeres que jamás había imaginado, que conseguía que se perdiera en exquisitas sensaciones, que el placer y la indecencia fueran tan intensos que resultaban un poco aterradores. Sin duda, la anticipación de lo que podía encontrar en sus brazos era la verdadera razón de su nerviosismo. Y ella no sabía nunca cómo harían el amor. Era evidente que a Darius le gustaba que ella se pusiera un poco nerviosa porque así podía tranquilizarla, y parte de su placer era disfrutar de su sumisión cuando la conducía al éxtasis.

La habitación estaba a oscuras y no vio a su marido por ninguna parte. No se encontraba tumbado en la enorme cama ni sentado junto a la chimenea. Pensó que quizá había sido más rápida que él preparándose para acostarse, aunque Darius siempre estaba listo y pendiente de ella.

Suspiró y se dirigió a las puertas del balcón para salir al exterior. El aire veraniego era caliente y las estrellas brillaban en lo alto. La noche resultaba apacible y se podía oler el aroma de la madreselva en el aire, que flotaba desde las vides del jardín. El dulce perfume le hizo recordar a su madre.

Ahora que estaba casada, se preguntó sobre sus padres. ¿Habían disfrutado del tipo de pasión que ella encontraba en su matrimonio? Sonrió y meneó la cabeza. Era difícil de imaginar. Nada la había preparado para la intimidad del sexo. Estar tan cerca de Darius, físicamente, parecía haber derrumbado sus paredes emocionales. Era imposible distanciarse de otra persona cuando estaba dentro de tu cuerpo y te proporcionaba un placer tan exquisito que incluso te hacía llorar.

Regresó al interior del dormitorio. En cuanto atravesó las puertas del balcón, unos firmes brazos la envolvieron desde atrás, atrapándola contra un pecho duro y musculoso. Y no solo estaban duros los pectorales; podía sentir cada centímetro del largo y grueso miembro contra las nalgas. No podía ver a Darius porque estaba a su espalda, pero supo que estaba desnudo, excitado y decidido a poseerla de inmediato.

—Darius… —jadeó con la respiración entrecortada—. Me has sorprendido.

Él le acarició el cuello con la nariz antes de poner los labios sobre su pulso y recorrer con los dientes el tendón más cercano. Deslizó las grandes manos de arriba abajo por sus brazos desnudos en un lento movimiento que rezumaba posesividad.

—Y tú me has sorprendido a mí cuando saliste al balcón con este camisón. Parecías un ángel. Me dejaste mudo, así que me quedé observándote mientras pensaba en lo que te haría cuando volvieras al interior…

—¿Y qué vas a hacerme? —jadeó con un hilo de voz, apretando su cuerpo caliente contra él al sentir su erección.

—¿Confías en mí, Marianne? —Darius le puso las manos en la cintura, cubriéndole las costillas, deteniéndose justo debajo de los pechos.

Sentir sus manos tan cerca, pero sin llegar a tocarla en realidad, hizo que se arqueara hacia atrás, intentando hacer desaparecer la distancia que había entre ellos.

—Sí, Darius.

—Buena chica. —Le cubrió los pechos con ambas manos y los apretó. Sus pezones se irguieron, duros y erizados, y él los estrujó por encima de la fina seda. Unas chispas de puro placer recorrieron su piel y tuvo que tragarse el grito de éxtasis que acudió a sus labios, sabiendo que esa era la recompensa por confiarle a él su placer—. Sigue confiando en mí, Marianne. Confía en mí y… siente.

Ella se estremeció, preguntándose qué iba a hacerle. Así era siempre; él jugaba con la emoción de la anticipación y lo que esto le hacía sentir. Sabía cómo excitarla hasta que no era capaz de hacer nada más, hasta que solo podía pensar en el placer que él iba a darle. Darius sabía cómo hacerse imprescindible.

—Lo haré… Lo hago… —susurró ella.

Entonces, él le puso una banda de seda sobre la cara y le cubrió los ojos con ella. Aseguró la tela con un nudo en la parte posterior de su cabeza. La venda le tapaba por completo; no podía ver nada.

«Solo podía sentir, y eso es lo que iba a hacer».

Darius dio un paso atrás y admiró la espalda de Marianne. El exiguo camisón que la cubría era precioso, pero había llegado el momento de quitárselo. Se inclinó, tomó el bajo con las manos y se lo subió por encima de la cabeza hasta que nada cubrió su piel. Suspiró de satisfacción. Por fin la tenía desnuda. Sabía que lo que hacía era escandaloso a los ojos de la sociedad, pero no podía imaginar acostarse con Marianne de cualquier otra forma. Hacer el amor con ella cubiertos por gruesa ropa para dormir y sumidos en la oscuridad no sería más que una parodia. El lujurioso cuerpo de su esposa estaba hecho para ser devorado con la mirada noche tras noche.

Le agarró las nalgas, elevándolas y obligándola a separar las piernas un poco.

—Un culo tan redondo y suave como el tuyo debería poder tocarse cuando uno quisiera. —Apretó cada una de las nalgas y deslizó los dedos sobre ellas antes de introducirlos en la hendidura que las separaba, que recorrió hasta la parte más mojada y empapada de su cuerpo.

Notó que ella se estremecía cuando comenzó a acariciarle los hinchados pliegues al tiempo que gemía con un erótico jadeo. ¡Dios!, cuando hacía eso le volvía loco, provocaba en él alocados impulsos que lo convertían en un demonio sexual. La necesidad de penetrarla era como un grito en el interior de su cerebro.

—Me encanta que estés siempre tan mojada. Pronto, preciosa, muy pronto, entraré en este coñito tuyo tan apretado y resbaladizo para hacerte gritar de placer. Y lo haré una y otra vez; durante toda la noche, hasta que salga el sol. —Ella gimió en señal de protesta cuando él retiró los dedos—. Camina. Quiero ver cómo se mueve ese culito. Adelante. Da diez pasos hacia delante y llegarás junto a la cama.

Ella dio un paso titubeante y luego otro, y otro más. Movió aquel impresionante trasero hasta el borde de la cama y se detuvo. Él gimió ante la sugerente imagen de sus músculos ondulando según movía sus largas piernas para recorrer la distancia. La vio volver la cabeza hacia él, aunque sabía que ella no podía verle a través de la venda de los ojos.

—¿Qué quieres, Marianne? —preguntó él.

—Te quiero a ti. —La vio estremecerse de necesidad. Sus pechos vibraban, con los pezones duros y contraídos al máximo.

—¿Cómo me quieres, preciosa?

—Te quiero dentro de mí. Quiero tener tu pene dentro de mí.

La nota de súplica de su voz activó un interruptor en su mente. Cualquier control que hubiera ejercido a lo largo de la tarde se evaporó en un instante. Estaba junto a ella antes de tomar aliento otra vez. Le puso una mano en la espalda para inclinar su torso hacia la cama y la sostuvo por las caderas. Pensar en penetrarla desde atrás hizo que su pene diera un brinco, como si fuera un garañón a punto de montar a una yegua. Se convirtió en una auténtica bestia, maligna, decadente y primitiva.

La respiración de Marianne se volvió más entrecortada cuando le separó más las piernas. Desde su posición, él podía oler la esencia de su excitación, veía lo mojada y caliente que estaba para recibirlo. Guio su miembro hasta la entrada y la embistió hasta la empuñadura, hundiéndose hasta el fondo. El dulce y apremiante agarre de su vagina resultaba tan placentero que era casi doloroso, pero un dolor que buscaba una y otra vez. La oyó contener la respiración cuando la empaló, seguramente por la sorpresa, pero lo aceptó en su interior sin la más leve protesta y se impulsó hacia atrás como si quisiera todavía más.

«¡Era condenadamente perfecta!».

La poseyó con dureza. No había duda alguna al respecto, estaba tomándola con todas sus fuerzas, porque en ese momento era lo que necesitaba. Más tarde podría ser suave, tierno, pero ahora mismo tenía que alimentar a la bestia que vivía en su interior. Solo había una cosa en el menú de la bestia, algo dulce y rosado que se hallaba entre los muslos de Marianne. En esa posición se internaba mucho más profundamente en ella que en cualquier otra.

«¡Oh, Dios bendito! —pensó—. ¡Que no acabe nunca este placer!».

Siguió impulsándose con ferocidad, horadando en ella como un poseso, perdido en aquel velo de sensaciones carnales. No supo cuánto tiempo estuvo penetrándola, si fue un segundo, un minuto o una hora…, ¿qué más daba?

Deslizó una mano hacia su sexo y comenzó a frotarle el clítoris con un dedo. Ella alcanzó el éxtasis al instante, apretó los puños y se estremeció bajo él. El orgasmo de Marianne desencadenó su liberación. Dar placer a esa mujer era el nirvana; sentir su cuerpo ciñéndole, escuchar sus gritos de éxtasis… Sintió que la necesidad se hacía cada vez más grande, como una burbuja a punto de estallar, y se derramaba como el vino de un tonel. La gloriosa respuesta le empujó al límite y se dejó llevar por aquel clímax que necesitaba con desesperación. Soltó un grito, siseó, y su cálida semilla se derramó en ella. Por un instante, conoció el paraíso.

Una hora más tarde, ella reposaba lánguida y somnolienta entre sus brazos…, agotada, completamente saciada…, una mujer muy sensual. La venda había desaparecido de sus ojos hacía mucho tiempo. Marianne se había acurrucado sobre él, apoyando la cabeza en su pecho, donde le besó, desde donde deslizó aquellos dulces labios a su mandíbula y sus hombros.

Pensó en todo lo que había sabido antes de ella y lo que sabía ahora. Se sentía encantado al constatar que había estado en lo cierto al predecir la pasión que contenía. Su Marianne era una sirena en la cama. Además era una mujer cariñosa; él adoraba sus caricias y gestos. Después de amarse como acababan de hacer ahora, le gustaba mantenerla cerca de su cuerpo, besarla y acariciar su piel. Cada vez que ocurría esto se le henchía el corazón. Ella le hacía sentirse victorioso, fuerte y poderoso como un guerrero. Pero había muchas otras facetas en ella, otros aspectos que resultaban más misteriosos ahora que antes. Presentía cierta oscuridad en su esposa y eso le preocupaba. Él sabía que sus sentimientos hacia ella eran más fuertes cada día que pasaba, y entre ellos destacaba el deseo de protegerla y hacerla feliz de todas las maneras que estuvieran a su alcance.

—*Cara*, ¿por qué parecías tan triste cuando lord Rothvale te preguntó sobre tus dibujos?

—¿Lo parecía?

—Sí. Fue evidente para mí e incluso para él; te dio una palmadita en la mano para consolarte. ¿Por qué pintas el mar con melancolía?

Ella contuvo el aliento antes de responder.

—Creo que es porque el mar resulta siempre muy exigente.

—¿Exigente? —Más que una explicación era un acertijo—. ¿De qué manera?

—Dondequiera que voy, el mar me llama…, desde hace mucho tiempo. No puedo alejarme de las olas y mucho me temo que siempre será así. De alguna manera, congelar un momento del tiempo, bosquejar las vistas marinas me sosiega. Por eso solo dibujo lo… —Meneó la cabeza y le miró—. Ya basta de hablar de eso, quiero hablar sobre ti. Lord Rothvale se toma muy en serio que inicies una carrera política en la Cámara de los Comunes y creo que tiene razón. Serías un buen político, Darius.

Él sonrió y la besó en la coronilla, pensando en lo hábilmente que había evitado ella sus preguntas. Marianne era cariñosa, educada y atenta. No podía reprocharle nada a una esposa que aceptaba todos sus deberes y respondía a ellos con alegría.

No le cabía ninguna duda de que sus respuestas eran sinceras. Entonces, ¿por qué, en el fondo de su mente, tenía esa persistente sensación que le decía que Marianne no estaba siendo completamente honesta?

CAPÍTULO 12

EL REGALO

Pasó una semana antes de que él volviera a decirle que la amaba.

Marianne rebuscó en todos los lugares habituales. Había acudido a su estudio para revisar el libro de cuentas de la casa, pero no había encontrado el volumen. Su escritorio tampoco estaba como debiera. Aquello era muy extraño, preguntaría a la señora West para resolver aquel misterio. Concentrada en sus pensamientos mientras rebuscaba en los cajones, no escuchó entrar a su marido.

—¿Has perdido algo, cariño?

—¡Oh, Darius! Lo cierto es que sí. He subido para revisar las cuentas, pero no encuentro los libros. No están en ninguna parte del estudio y, fíjate, alguien ha hurgado en mi escritorio.

—Bueno, ¿qué me dices? Debemos buscar al culpable y ocuparnos de que reciba el castigo que se merece. —Se acercó a ella y la ayudó a incorporarse.

Supo en ese instante que él se traía algo entre manos. Parecía envolverle un halo de azuzadora picardía y comenzaba a conocerlo lo suficiente como para suponer que ocultaba algo.

—¿Qué está pasando, Darius?

—Pues que estás ruborizándote como una colegiala; ocurre cada vez que te sientes frustrada. —Él le dirigió una sonrisa burlona—. Y también te aparece una arruga en la frente —añadió rozándole aquel punto con los labios.

—¡Bueno, es que me siento frustrada! ¡No encuentro ese dichoso libro!

—Tranquila, Marianne, estoy seguro de que aparecerá. Y antes de lo que te imaginas. Este tipo de asuntos suele resolverse solo. —Hizo un gesto con la mano.

Ella le estudió con atención. Parecía muy satisfecho de sí mismo y algo misterioso.

—¿Querías… algo, Darius? Ya sabes, ¿has venido con un propósito en concreto?

—Imagino que agradeceré un beso, pero no es por eso por lo que estoy aquí. Lo cierto es que necesito que me des tu opinión sobre algo. ¿Me acompañas y te lo enseño? —Le tendió la mano. Una lasciva y traviesa mirada brillaba en aquel rostro de mandíbula firme.

Ella tomó sus dedos y permitió que la condujera por el pasillo hasta el ala sur de la casa. Darius se detuvo finalmente ante una puerta, cerca del fondo del corredor.

—Quiero que eches un vistazo aquí dentro. —Lo vio sonreír a sabiendas—. Ahora, cierra los ojos.

—¿Otra sorpresa? ¿Nunca te cansas de agasajarme, Darius? —Le miró con suspicacia.

—¡Jamás! Ahora sé una buena chica y cierra los ojos —gruñó él.

Ella obedeció porque era lo que hacía cuando él le ordenaba algo. Cerró los ojos y le escuchó abrir la puerta. La empujó dentro de la estancia.

—Ya puedes abrirlos, Marianne.

Ella miró a su alrededor y se enamoró de aquella elegante estancia. Hacia el sur había un enorme ventanal que parecía enmarcar el mar en la pared. El escritorio estaba ante la ventana, captando toda la luz. Además había sillas tapizadas con seda de color turquesa y un enorme diván frente a la chimenea. Dominaban la salita lujuriosas tonalidades de azul, verde y marrón oscuro. La alfombra parecía cómoda y de buena calidad. Aquella habitación era absolutamente perfecta.

—¿Qué es este lugar?

Él no respondió y ella se acercó al escritorio. Puso las manos sobre la tabla de roble inglés y abrió los dedos. ¡Qué mueble tan magnífico!, pensó. Una podía sentarse detrás de aquella mesa y deleitarse viendo el mar en cualquier momento que deseara. ¡Qué agradable sería relajarse en una estancia así!

—Siéntate, Marianne.

Ella tomó la silla y se sentó. Miró por la ventana. Hacía un día ventoso, las flores blancas se agitaban en lo alto del acantilado y un solitario buque mercante surcaba el horizonte.

—Abre el cajón de en medio.

Contenía material para escribir correspondencia. Alzó una hoja y leyó la serigrafía impresa en la esquina: «Señora Marianne Rourke, Stonewell Court, Kilve, Somerset». Se le escapó una risa y tuvo que taparse la boca con la otra mano. Percibió el movimiento de Darius; de pronto estaba a su lado.

—Ahora, abre el cajón de abajo.

El sonido de la madera al deslizarse chirrió en medio de la quietud de la estancia. El libro de contabilidad. Ese y los demás volúmenes para el gobierno de la casa estaban apilados allí dentro, pulcramente y en perfecto orden.

—¡Oh…, Darius!

—¿Te gusta tu nuevo estudio, Marianne?

Ella se levantó de un brinco y se volvió hacia él. Estaba justo detrás, con una amplia sonrisa en la cara.

—¿Que si me gusta? ¡No! «Gustar» no es la palabra adecuada para describir lo que siento al estar en esta estancia. ¡Darius, me encanta esta sala!

Se puso de puntillas para darle un beso en los labios.

—¿Por qué? —le preguntó, acariciándole la mejilla.

Él se encogió de hombros.

—Sé lo mucho que te gusta ver el mar y he pensado que te merecías poder realizar tu trabajo en un lugar hermoso. Un bello lugar para una mujer preciosa. —Él giró levemente la cara para besar la palma de la mano que todavía reposaba sobre su mejilla.

—Gracias —susurró ella.

«Merecer». De nuevo esa palabra. Él pensaba que ella se merecía esa estancia, pero no era cierto. ¿Darius seguiría pensando que la merecía si supiera lo ocurrido? Y, a pesar de todo, ella no quería lastimar sus sentimientos. Aceptaría aquel precioso regalo y le demostraría su agradecimiento como debía hacer una esposa obediente.

—Incluso podrás dibujar aquí, hay buena luz. De cualquier manera, me alegra que te encante.

—Soy muy feliz, Darius. Mucho. —Le abrazó y sintió que él la rodeaba con sus fuertes brazos.

Un golpe en la puerta les avisó de que había llegado el té. Los dos dejaron caer los brazos al mismo tiempo. Se sentaron uno junto al otro en el diván y observaron en silencio cómo la doncella les servía el refrigerio. Miró a su esposo; le pareció especialmente atractivo mientras esperaba con aquella digna actitud a que la criada acabara y volviera a dejarlos solos.

Darius tomó una fresa del plato y la acercó a sus labios.

—Abre la boca y muérdela. —Sus ojos estaban clavados en ella, codiciosos y voraces.

Obediente, cubrió la fruta con los labios y cerró los dientes. El dulce jugo inundó su lengua al tiempo que dejaba un penetrante aroma en el aire. Masticó la fresa y la tragó lentamente sin apartar la mirada de él.

Él se abalanzó sobre ella al instante. Introdujo profundamente la lengua en su boca y recorrió con ella cada rincón, buscando las huellas del persistente sabor de la fresa.

Ella sintió que se licuaba en ese mismo instante. Surgió un intenso ardor entre sus muslos y tuvo que apretar las piernas, buscando alivio.

Él se retiró y arqueó una ceja mientras la miraba fijamente.

Ella apoyó la espalda en el respaldo.

Darius le puso la mano en la frente.

—¿Qué es lo que encierras aquí dentro, Marianne? Debes de tener muchos pensamientos. Cuando me miras como estás mirándome ahora..., siempre me preguntó qué estás pensando.

—Ahora mismo pienso en lo que quiero... hacerte a ti, Darius.

Él inspiró por la nariz y sus fosas nasales se ensancharon.

—¿Qué quieres hacerme, Marianne? —susurró, conteniendo el aliento.

Ella se deslizó del diván y se arrodilló frente a él. Alzó la cara y le atravesó con la mirada mientras apretaba los labios.

Él abrió la boca, sorprendido, pero no dijo nada. Estaba tan tenso como la cuerda de un arco y parecía a punto de estallar cuando soltó la orden.

—Dime lo que quieres hacerme. ¡Di las palabras!

Ella se abrió a él por completo.

—Quiero tener tu erección dentro de mi boca, Darius.

Él emitió una especie de quejido. Le gustó cómo sonó. Movió los dedos con rapidez y soltó los botones que cerraban la bragueta y el pene brotó cálido y orgulloso hacia sus manos. Sujetando la base con una mano, bajó la boca. Lamió la punta; su almizclado aroma masculino le inundó las fosas nasales. Notó que él se estremecía con fuerza y que se arqueaba cuando ella cerró los labios sobre el glande para deslizar su miembro hasta el fondo de su garganta.

Darius gimió y se puso rígido. Su brusca respiración seguía el mismo ritmo que sus envites. La agarró por la cabeza y comenzó a realizar rudas penetraciones. A ella le encantaba cada uno de sus movimientos. Desde la primera vez que lo hizo descubrió que le gustaba darle placer con la boca. No lo encontraba desagradable, sino excitante. También le gustaba cuando él hacía lo mismo. Él la llevaba al orgasmo con la lengua, pero jamás se había permitido eyacular en su boca y quería saber cómo sería cuando él explotara en ella.

Notó que él estaba a punto de alcanzar el límite y redobló los esfuerzos, succionándole cuando él se internaba en el interior, intentando que no se retirara demasiado. Entonces le apresó los testículos con la mano libre y presionó la tensa bolsa escrotal. Aquello desencadenó el éxtasis. Sintió su jadeo y notó que tensaba las manos en su cabeza. Un cálido chorro le inundó la boca y retuvo su esencia mientras él palpitaba contra el fondo de su garganta. Se sentía victoriosa y, por extraño que resultara, feliz.

Cuando se retiró, compartió con él otra mirada. Darius clavó los ojos en su boca. Fue entonces cuando ella tragó, deleitándose en el fuerte sabor, y sonrió. Vio que en el rostro de su marido aparecía una expresión casi de dolor antes de que comenzara a hablar apresuradamente en italiano. Las palabras, armoniosas y fluidas, estaban llenas de sentimiento, pero le resultaban desconocidas.

Él se recobró con rapidez, se abrochó el pantalón y la tomó en brazos para llevarla al dormitorio. Una vez allí, le arrancó la ropa en cuanto cerraron la puerta con llave. La despojó de las horquillas, enterró las manos en su pelo y se clavó en ella antes de que le diera tiempo a parpadear.

Darius se convirtió en una bestia voraz que la poseyó con avidez, gravitando sobre ella y moviendo las caderas salvajemente mientras separaba sus muslos lo máximo posible. Lamió y chupó sus pechos con intensidad, dejando nuevas marcas de amor en su espalda cuando la giró para tomarla desde atrás.

Después de aquel coito salvaje, él se tranquilizó y bajó el ritmo. Degustó su sexo con una pausada y lánguida cadencia, saboreándola mientras jugueteaba con su clítoris para hacerle alcanzar el clímax una y otra vez. Le susurró más palabras en italiano. Ella no comprendía aquella lengua, pero encontraba que el sonido era romántico y maravilloso.

—Esas palabras son muy hermosas, Darius, pero ¿por qué hablas en italiano?

Él la miró sorprendido.

—¿No sabes nada de mi madre?

Ella alzó la vista hacia él.

—Entonces, ¿tu madre era italiana? Siempre me lo he preguntado. Tienes la piel un poco más oscura de lo que la tenemos los ingleses. —Le tocó el pelo, retirándole un mechón que había caído sobre su frente. Era un hombre muy guapo—. ¿Tu madre murió cuando eras niño?

—No ha muerto. Está viva, solo que no reside en Inglaterra. Habita en Roma desde hace muchos años. Me llamo Darius porque es un nombre romano.

—No lo sabía. ¿No sueles visitarla?

—Sí, claro, soy un buen hijo. —Acomodándose contra ella, apoyó la barbilla sobre su cabeza al tiempo que le acariciaba aquel lugar favorito en el cuello.

Ella le pasó la mano por el pecho, recostada sobre él.

—Mi madre es una mujer fría. —La voz de Darius era diferente al hablar de su progenitora. Ella sintió la tristeza y la pena que le embargaban—. Algún día, dentro de poco tiempo, iremos a Roma y te la presentaré. Aunque no esperes grandes alardes por su parte. —Vio que su marido giraba la cabeza para que no pudiera indagar en sus ojos—. Mi padre la conoció en un viaje por Europa y la trajo a Inglaterra después de casarse con ella, pero es una mujer apasionada y aquí se sintió descontenta. Creo que sentía resentimiento hacia mí porque, teniendo que ocuparse de cuidarme, no podía dejar a mi padre y regresar a su tierra natal. No tuvieron más hijos, pero permanecieron juntos hasta que yo empecé el colegio; seguramente así se sintió menos culpable. Mi padre siempre se aseguró de que la veía con regularidad.

Sintió un profundo pesar por él. Le imaginó como un niño solitario que buscaba el amor de su madre y solo encontraba un frío vacío.

—No fue una buena madre para ti. —Ella frunció el ceño. Pensó que sería un gran esfuerzo mostrarse educada con su suegra en el momento en que la conociera.

—Era correcta, pero jamás fue dada a las demostraciones de cariño. Yo quería que ella me amara, y estoy seguro de que lo hacía, pero jamás supo demostrarlo. Es una mujer muy contenida. —La besó en el pelo—. Marianne, tú eres muy diferente a ella.

—No me gustaría ser como ella. Me molestaría amar a mis hijos porque se supone que es lo que debo sentir. Los niños son un precioso regalo, hay que quererlos y… protegerlos.

—¿Quieres tener hijos, Marianne?

—Claro que quiero, Darius. —«Pero no lo merezco».

—Dímelo. Dime que quieres tener un hijo conmigo, por favor. Necesito oírtelo decir, Marianne.

Sonaba casi desesperado. El abrumador deseo de apaciguarle y reconfortarle resultó apremiante. Tenía que hacerlo.

—Quiero tener un hijo contigo, Darius. De verdad, es mi mayor deseo. —Lo besó en el pecho, sintiendo que se relajaba. Era muy fácil reconfortarlo.

—Soy feliz contigo, Marianne. Serás una madre maravillosa.

«¿Cómo iba a serlo?».

—¿Me cuentas algo sobre tu padre? —Se deslizó más arriba para poder verle la cara.

Él sonrió con cariño.

—Mi padre intentó maquillar la actitud de mi madre. Era un hombre excelente. Murió cuando yo tenía veinticinco años —añadió con expresión de tristeza.

—Lo recuerdo vagamente. Coincidía con él en la iglesia. —Le acarició la mejilla—. Por lo que he visto en los retratos que hay en la casa, y dejándome llevar por mis propios recuerdos, te pareces a él. Era un hombre muy atractivo, como tú.

El cumplido pareció sorprenderle. Sintió pesar y ternura por él. La entristecía verle así.

—Me gustaría que os hubierais conocido.

—También a mí, Darius.

—Creo que eres perfecta, Marianne —comentó él, bajito, antes de buscar sus labios para capturarlos en un profundo beso—. *Ti amo* —susurró tan quedamente que ella no estuvo segura de haberlo escuchado. Pero lo escuchó.

Se quedó paralizada.

«¡Oh, Darius! No deberías amarme».

Sintió que la sensación de culpa le revolvía el estómago, era como si le hubiera hechizado con deshonestidad. Sabía que, si él llegaba a conocer la verdad sobre ella, lamentaría tal declaración, pero la parte más egoísta de ella esperaba que Darius repitiera esas palabras. El silencio cayó pesadamente sobre ellos mientras aguardaba.

No lo hizo. Su parte más egoísta quería que él le ordenara que le dijera que le amaba. Se preguntó por qué no lo hizo y frunció el ceño. Él le había pedido que le dijera que quería tener hijos con él, ¿por qué no eso?

Se quedó quieta, pensando en cuál sería la razón por la que Darius no quería que dijera que le amaba. Si sabía algo de su esposo, era que actuaba siempre según sus propios deseos. Sabía lo que quería y no tenía problemas para expresarlo o exigirlo. Así pues, aquello dejaba una sola posibilidad; no quería que le amara. Deseaba su cuerpo, su compañía y su obediencia. Como si él pudiera querer algo más de ella…

La primera vez que dijo aquellas palabras, Darius apenas fue consciente de haberlas pronunciado. Eran muchas las veces que se arremolinaban en sus pensamientos. En esa ocasión, sin embargo, fue plenamente consciente de que su declaración no fue correspondida, y ese hecho le dolía y atormentaba. Había notado que ella fruncía el ceño y se ponía rígida, y eso le hizo todavía más daño.

Lo que le había tentado de ella en primer lugar —su sumisión— resultaba ser una trampa. Podía decir a Marianne lo que debía hacer, lo que tenía que decir o pensar, pero no podía ordenarle que le dijera que le amara. No podía porque, si hacía eso, nunca sabría si solo había pronunciado las palabras para complacerle. Quizá jamás sabría la verdad…, pero, sobre todo, no podía soportar que ella le dijera que le amaba si no lo hacía. No toleraba ni siquiera la idea. Se juró a sí mismo que no volvería a expresar sus sentimientos por ella en voz alta.

CAPÍTULO 13

EL LAMENTO

Marianne y Darius prosiguieron así durante varias semanas, hasta que falleció el padre de Marianne. El señor George murió ahogado en su propio vómito mientras estaba inconsciente bajo el efecto de la bebida. Fue Darius quien se lo dijo a ella, quien la abrazó mientras lloraba con amargura. Viendo el desconsuelo de su esposa, agradeció que no hubiera sido ella quien lo encontrase muerto. Aquel dudoso honor recayó en la que hasta entonces había sido el ama de llaves del señor George, que le halló ya frío y rígido en la cama.

Marianne estaba muy afligida, por supuesto. No era para menos, el último miembro de su familia había fallecido en amargas circunstancia. Él sufrió por ella, deseando encontrar la manera de aliviar su dolor. A pesar de lo mucho que desaprobaba al señor George, era el padre de su esposa y ella le amaba. Marianne había compartido con él tiernos recuerdos de su infancia en los que su padre ocupaba un lugar especial.

Verla de luto ante las tumbas de sus padres le rompía el corazón. Era hermosa incluso sumida en el dolor. Vestida completamente de negro, los únicos puntos de color eran sus ojos azules y el crucifijo de perlas que él le había regalado; jamás olvidaría aquella imagen de Marianne.

Se dio cuenta de lo mucho que Marianne echaba de menos a su padre y comenzó a preocuparse. Le inquietaba sobre todo que ella no tuviera razones para necesitarle. No se olvidaba de cuáles habían sido las circunstancias de su matrimonio: ella se había sacrificado por salvar a su padre; era imposible olvidarlo. Pues bien, su padre ya no necesitaba que nadie le salvara; estaba muerto. Y, por eso, Marianne ya no precisaba de él.

Aunque no le necesitara, estaba ineludiblemente comprometida con él y jamás la dejaría partir. La mera idea era absurda. Ella era su preciosa Marianne, la quería más que a nada, era su amada esposa aunque era evidente que ella no correspondía a aquel sentimiento.

Que le amara nunca había formado parte del trato, pero, en cuestiones del corazón, las cosas rara vez ocurren como se planean. En realidad, la cuestión era muy sencilla; él amaba a Marianne y así se lo había dicho. Escuchar el mismo sentimiento de sus labios era su máximo deseo, pero las dos veces que él había confesado su amor solo había recibido en respuesta una dolorosa y aguda ausencia de palabras.

Sin embargo, no sabía qué podía hacer al respecto. Había enredado todo de tal manera que ahora era muy difícil desenmarañarlo y tenía la impresión de no ser más que un títere que daba botes colgado de una cuerda.

También rondaba por su cabeza la idea de que Marianne podía estar embarazada. Habían hecho el amor todos los días y jamás había estado indispuesta. Ni siquiera una vez. El temor a que ella pudiera sentirse resentida ante tal hecho era una reminiscencia de la actitud de su madre. Rezaba con fervor para que ella deseara a ese niño. Estaba seguro de que Marianne sería una madre cariñosa, no como la suya. Esa era una de las razones por las que se había fijado en ella.

Después del entierro, su esposa comenzó a tener pesadillas y se despertaba llorando por la noche. Él la abrazaba, le hablaba con cariño hasta que se volvía a dormir. Hablarle en italiano parecía tranquilizarla.

Ella no daba la sensación de recordar que lloraba por las noches, ni tampoco las cosas que decía, pero él escuchaba cada palabra mientras sostenía su tembloroso cuerpo contra el suyo, oyéndola llamar a alguien a quien había amado y perdido.

Pronunciaba un nombre con angustia y pesar. El nombre que ella profería en la oscuridad era… Jonathan.

… La tormenta surgió de la nada, ¡Jonathan! Marianne corrió hasta el mar lo más rápido que permitían sus piernas. El martilleo de terror en el interior de su pecho sobrepasaba la necesidad de aspirar oxígeno de sus pulmones. El bote había volcado con el oleaje. Contó a los niños. ¡Solo había dos! ¿Y Jonathan? ¡Noooo! ¡No podía ser cierto! ¿Dónde está mi Jonathan? ¡Noooo! ¡Santo Dios! Lo siento…, lo siento…, lo siento mucho, Jonat…

—Shhh, Marianne, tienes una pesadilla. *Cara,* estoy aquí, contigo. —Notó los labios de Darius en la frente. Sus firmes manos acariciándole la espalda.

—¿Darius? —Se despertó con rapidez, sudorosa y presa del pánico, temblando entre sus brazos.

—Sí, cariño. Todo está bien. Estabas soñando… otra vez.

Se relajó en sus brazos antes de darse cuenta de la realidad.

—Lamento mucho haberte molestado, Darius. No sé qué me pasa.

—Creo que estás triste y que añoras a los que has amado y perdido.

—Es posible que tengas razón, Darius.

—¿Y a Jonathan? ¿Le echas de menos también? —Su voz era baja y seca.

—¿Qué sabes tú de Jonathan?

—Es el nombre que gritas en sueños, Marianne. Le amabas.

—Muchísimo. Amé muchísimo a Jonathan. Era mi luz…

—Entiendo… Marianne, estás triste por él —susurró él.

—Es cierto, Darius.

Marianne comenzó a dar largos paseos junto a la costa. Lo hacía cuando Darius estaba ocupado, pues sabía que no le gustaría que lo hiciera. Le había hecho jurar que no pasearía sola, y era plenamente consciente de que con su desobediencia rompía la promesa que le había realizado.

Aquel día, de hecho, era muy parecido a la fecha en que había hecho tal promesa. El clima era el típico de finales de verano; en teoría suave, pero susceptible de cambiar en cualquier momento. Marianne había salido a caminar junto a los acantilados, dejando a los perros en casa. Necesitaba estar sola.

Aquel era uno de sus lugares favoritos. De pie sobre las rocas, casi podía imaginar que se encontraba en una isla diminuta con las espumeantes olas rompiendo a sus pies. Desde esa ventajosa posición, podía escudriñar la línea del horizonte en el océano y llamarlo. Él estaba allí, en alguna parte. Ese era el lugar al que acudía cuando quería recordarle. Aquella sonrisa. Una amplia y encantadora sonrisa. Unos ojos y un cabello iguales a los de ella.

Estaba tan perdida en sus pensamientos que no se dio cuenta del tamaño de una de las olas. Rompió en la cornisa de piedra, despidiendo una ráfaga vertical de agua que cayó justo sobre ella. El propio tamaño de la ola, de varios metros, combinado con el ímpetu del agua, la derribó con fuerza. Sus pies perdieron apoyo y se tambaleó peligrosamente cerca del borde.

Su vestido, ahora empapado, pesaba muchísimo más y la empujó hacia abajo. Por suerte se topó con un cúmulo de rocas, resbaladizas por el musgo, o se habría caído. ¡Se quedó a tan solo unos centímetros de acabar en el agua que rugía enfurecida! Si hubiera llegado a ocurrir, el peso de su ropa la habría arrastrado al fondo. Se habría ahogado. Supo que corría un serio peligro, que estaba a punto de aceptarlo resignadamente como si fuera su destino.

«Acabarás en el mar… Como él…».

Pero entonces pensó en Darius y lo que tenía que decirle. Mientras estaba allí, al borde del acantilado sintiendo la fría rociada del agua, sufrió un cambio. La emoción, la voluntad y la necesidad de salvarse a cualquier precio la inundaron por completo. ¡Tenía motivos para vivir!

Se aferró con manos trémulas a las afiladas piedras que se hallaban por encima y comenzó a buscar frenéticamente hasta encontrar un punto al que asirse. La roca dentada le cortó la piel, pero siguió aferrada con ferocidad.

Tenía que hacerlo.

La adrenalina alimentaba su determinación y, poco a poco, centímetro a centímetro, se alzó a sí misma por encima de la roca.

Agotada por el esfuerzo, dio gracias a Dios y lamentó la despreocupación con la que se había comportado.

«¡Gracias, Dios mío! ¡Gracias, gracias, gracias!».

Se puso en pie muy despacio y evaluó el estado en el que se encontraba. Parecía que no había sufrido ningún daño irreparable. Había tenido suerte. Esperaba poder recuperarse de la experiencia antes de que Darius averiguara lo que había pasado. Recorrió el camino de vuelta a casa tan rápido como pudo.

Se preguntó cómo iba a explicar el estado de sus manos y las magulladuras que, sin duda, aparecerían en su piel.

CAPÍTULO 14

AJUSTANDO CUENTAS

Oh, señora! Está herida. ¡Mire cómo le san-
gran las manos! —exclamó la señora West
al ver aparecer a Marianne—. Debemos llevarla
arriba de inmediato. El señor Rourke insistirá en
que avisemos al médico. ¡Martha!

—¡No, por favor! ¡Estoy bien, señora West!
Por favor, tranquilícese. Solo he resbalado y me he
arañado las manos. Lo único grave en mi estado
es que me he empapado. Necesito darme un baño
y cambiarme de ropa, eso es todo.

—Necesita que le curen las manos —reco-
mendó la señora West, frotándose las palmas y los
nudillos con nerviosismo.

—¿Podría ocuparse usted misma? De verdad,
no veo la necesidad de avisar al doctor. No tengo
ganas de disgustar a mi marido —le suplicó al ama
de llaves—. ¿Podría...? Por favor, señora West...

La mujer la miró con preocupación.

—Querida, cuando él vea que se ha hecho daño, que ha corrido peligro, va a disgustarse de todas formas. —El ama de llaves la miró fijamente antes de suavizar el ceño fruncido—. De acuerdo, señora Rourke, voy a decirle a Martha que le prepare el baño y yo me ocuparé de hacer las curas en esas heridas…, ¿le parece bien?

Los cortes le escocieron de manera dolorosa cuando la señora West le dispensó sus cuidados, pero sabía que eso no era nada comparado con el dolor que sentiría cuando Darius supiera lo ocurrido.

—¿Es necesario que se lo cuente, señora West? Va a enfadarse. Me disgusta molestarlo con una minucia.

—Creo, querida, que en vez de preocuparse por su reacción debería preguntarse por qué él va a enfadarse tanto —apuntó en voz baja el ama de llaves—. El señor la adora y, dada su condición, usted no debería correr estos riesgos. —Vio que la mujer asentía con la cabeza, conocedora—. Tengo razón, ¿verdad?

—Eso creo. —Ella se sintió aliviada al ver que su secreto ya no era tal.

—Entonces debe decírselo, señora.

—Sé que debo hacerlo. Hoy se lo diré. —Reflexionó para sus adentros cuál sería la mejor manera de abordar el tema.

—¿Decirme qué? —preguntó Darius desde la puerta. Notó que palidecía en cuanto la miró y percibió la situación—. ¿Qué demonios te ha ocurrido, Marianne?

—Oh, Darius, resbalé mientras caminaba y me caí. No es nada… Solo me he arañado las manos. Como ves, estoy bien. —Sonrió con toda la serenidad que pudo reunir.

Él analizó el empapado y sucio vestido antes de clavar los ojos en los de ella.

—¿En qué punto exactamente del camino te caíste mientras paseabas? —Su tono era duro y frío.

Ella se estremeció antes de responder con un hilo de voz.

—Estaba en el borde del acantilado.

Él entrecerró los ojos, pero ella logró atisbar el relámpago de furia que brilló en las rendijas. Notó que apretaba los dientes, pero, había que reconocérselo, mantuvo la compostura.

—Regresaré cuando te hayas recompuesto y estés presentable para recibir a… tu marido.

Darius apartó la vista y se dirigió al ama de llaves.

—Señora West, haga el favor de informarme en el momento en que mi esposa esté recuperada, con el fin de que pueda reunirme con ella. Al parecer, tiene algo que contarme.

Él salió de la estancia sin mirarla ni una sola vez.

Ella respiró hondo soltando el aire que ni siquiera sabía que había contenido mientras su marido estuvo presente. Todavía seguía percibiendo el olor de su colonia un rato después de que él hubiera desaparecido.

Marianne esperó a Darius con un chal azul sobre la bata. Las manos no dejaron de temblarle mientras se cepillaba el cabello y tenía el estómago revuelto. Él estaba muy enfadado con ella… ¡Su expresión cuando la vio…! Estaba seriamente afectado por sus heridas. Ella se sentía helada hasta los huesos y le dolían las manos, pero era el alcance de lo que casi había ocurrido, de que por poco no había muerto ahogada, lo que la hacía estremecerse.

Quería ser una buena esposa para Darius, quería complacerle, pero fallaba estrepitosamente en su empeño y sabía que se había ganado un castigo. Su marido siempre era bueno con ella, se mostraba atento y considerado, ¿por qué sentía entonces tal inclinación a desobedecerle? Porque era lo más fácil. Ella no se merecía todo lo que él le daba, tampoco era digna de que la amara. Sin embargo, quería conseguir su amor, solo que no sabía por dónde empezar. Necesitaba enfrentarse a la verdad. No había sido honesta consigo misma desde hacía mucho tiempo y se había ocultado en un mundo de pesar y pérdidas potenciales.

Sin embargo, Darius la había cambiado. Había despertado sus emociones, aunque nunca había soñado que pudiera volver a sentirse de esa manera. La había hecho amar… otra vez. Se había enamorado de él. Amaba a su marido y sabía que debía contárselo todo. Tenía derecho a saber lo que había ocurrido con Jonathan aunque ella tuviera miedo por lo que él pudiera llegar a pensar de ella una vez supiera la verdad.

Seguía sentada en el mismo lugar casi una hora después, cuando Darius entró en el dormitorio silenciosamente y caminó hasta detenerse a su espalda mientras ella permanecía sentada en estado casi catatónico ante el tocador.

Dio la impresión de que la temperatura descendía varios grados. Darius parecía a punto de golpear algo. Ella miró su imagen en el espejo y los ojos de ambos se encontraron durante lo que pareció un siglo antes de que él cruzara los brazos sobre el pecho.

—¿No querías decirme algo, Marianne? Por favor, estoy aguardando.

Aquella muestra de helado desprecio pudo con ella. No logró contener los temblores que sacudieron su cuerpo.

—Sé que estás enfadado conmigo, Darius. —Se giró en la silla hacia él, estirando la mano para tocarle el brazo.

Sus ojos oscuros la miraron con tanta frialdad que dejó caer los dedos y bajó la mirada. Él no quería siquiera que le rozara.

—¡Oh, no! De eso nada —bramó él—. Vas a mirarme. No vas a acobardarte como si yo fuera alguna especie de monstruo —gritó, esperando que ella volviera a alzar su cara hacia él.

Santo Dios, sus ojos brillaban de una manera tan salvaje y oscura como nunca había visto antes. Ahora había dolor en aquella mirada.

—Darius, no eres ningún monstruo, pero es evidente que estás muy enfadado conmigo. —Le había hecho daño y eso hacía que se sintiera todavía peor—. Escucha lo que tengo que…

—¡Ya estoy esperando, Marianne! Sabes perfectamente cuáles son mis deseos y, aun así, me has desafiado. No debes salir sola, ¡es demasiado peligroso! Me prometiste que no lo harías y has roto tu promesa. ¡Me has traicionado! ¿Es que no fui lo suficientemente claro? Tengo que poder confiar en ti, Marianne. Eres mi mujer, no puede haber secretos entre nosotros. —Lo vio frotarse la cara lleno de frustración.

—Oh, Darius, confía en mí, jamás te traicionaría. Solo voy allí a reflexionar. Eso es todo. —Se puso en pie y alzó la cabeza al tiempo que se acercaba a él.

Él lanzó un suspiro de exasperación, sin ofrecerle el consuelo que buscaba.

—¡Reflexionar! —Se burló él—. ¡Te has arriesgado de una manera escandalosa! ¿Cómo se te ocurre reflexionar junto al borde del acantilado, sobre ese océano enfurecido? ¿No sabes que podría venir una ola y arrastrarte mar adentro antes de que te dieras cuenta? Por lo que he podido ver antes, eso fue lo que casi ocurrió.

—Y lo cierto es que no merezco otra cosa. —Masculló las palabras con suavidad, casi para sus adentros, pero él las escuchó.

—¿Cómo dices? —bramó él—. ¡Eso es una vulgar mentira, Marianne! —La agarró por los hombros y la sacudió con fuerza antes de aplastarla en un abrazo desesperado—. ¡No vuelvas a decir eso otra vez! Es una obscenidad. ¡Eres lo más precioso del mundo para mí, Marianne!

Ella pudo sentir cómo temblaba cuando la tomó en brazos y la llevó a la cama.

La dejó sobre el colchón y la mullida superficie fue un claro contraste con sus tensos músculos.

—¡Eres mía! —aulló él, señalándola con un dedo mientras la devoraba con los ojos desde el lado de la cama junto al que se había detenido—. Desabróchate el camisón, ¡muéstrame tu cuerpo! —Parecía realmente desquiciado.

—Está bien, Darius —intentó calmarle, sin apartar la mirada de sus abrasadores ojos oscuros. Poco a poco, comenzó a desabrocharse los botones, esperando que eso le tranquilizara un poco. No fue así. De hecho, él no estaba por la labor de esperar y acabó desgarrando los ojales antes de dejarse caer en la cama con un siseo. La seda francesa se rasgó con el brutal tratamiento, dejándola expuesta a su famélica mirada.

—¡Estos son míos! —Capturó sus pechos e inclinó la cabeza para cubrir primero uno y luego el otro con la boca, rodeando los pezones con la lengua antes de morderlos de manera posesiva. El dolor que provocaron sus dientes fue dulcemente aliviado después con suaves succiones y diminutos lametazos—. Mía… —le escuchó murmurar entre sus pechos mientras dejaba los labios quietos sobre el punto en el que latía debajo su corazón.

—Sí —gimió ella, arqueándose hacia su boca.

Él la recorrió con los labios de arriba abajo, por encima de las costillas hasta el vientre…, hasta su sexo. Llevó las manos al interior de sus muslos y los separó con energía. En ese momento, él se quedó inmóvil, en estado casi catatónico, mientras la miraba fijamente; casi como si viera sus pliegues por primera vez. Al instante notó sus labios sobre ellos, reclamando su cálida abertura con la lengua. La atravesó con ella como si fuera una lanza y comenzó a juguetear de manera implacable con su clítoris hasta que sintió también allí un suave pero posesivo mordisco.

—¡Esto es mío, Marianne!

—¡Sí!

El roce de sus dientes en aquel punto estimuló todas sus terminaciones nerviosas y la lanzó a alturas increíbles. Se arqueó contra la acometida de su lengua, sus labios y sus dientes. Su cuerpo era una masa que se contorsionaba presa de la tensión y la necesidad. No importaba lo enfadado que estuviera él, todavía podía sumirla en ese estado. Y Marianne estaba más que dispuesta a disfrutar del sexo, del coito, de la carnalidad que aquello suponía... Sí, eso lo podía aceptar sin censura. Era aceptar su amor lo que le resultaba más difícil.

No supo cómo liberó él su miembro sin dejar de devorar su carne, pero lo hizo. Y cuando se deslizó en su interior, ardiente y duro, el grito que ella lanzó fue de puro abandono. Aceptó su erección dentro de su cuerpo; él la completaba, la llenaba, la satisfacía de una forma que no había entendido hasta ese momento, pero de la que siempre disfrutó. No fue necesario demasiado tiempo para que sus feroces y ambiciosos empujes la lanzaran más allá del límite, haciéndola caer en aquel dulce abismo de placer.

—¡Sí...! ¡Síííí, Darius!

Mientras él embestía de manera febril, ella lo invitó a perderse en lo más profundo de su interior presionándole las caderas con los talones, arqueándose, abrazándolo para impulsarlo hasta el fondo.

—Solo cuando estoy enterrado en tu dulce sexo, estoy en casa. ¡Eres mía! ¡Eres... solo... mía!

—Se clavó en ella con fuerza, lanzando un mensaje de dominio con cada uno de sus envites.

—¡Lo sé, Darius! Me entrego a ti por completo. —Le dio la bienvenida con todo su ser. Necesitaba cada embestida, cada lametazo, cada succión, cada mordisco, cada beso... Y estaba dispuesta a tomar con gusto todo lo que le ofreciera.

Aquellas palabras de rendición absoluta condujeron a Darius a un violento orgasmo. Alcanzó el éxtasis con tanta intensidad que la expulsión del semen creó una dolorosa corriente en su miembro. Siguió eyaculando sin parar... Chorros y chorros para llenarla. La marcó con su propia esencia. Era el reclamo más primitivo sobre una mujer.

—¡No vuelvas a arriesgarte así! ¡Nunca más, Marianne! —imploró, desplomándose tembloroso sobre ella. Los solemnes ojos de Marianne buscaron los suyos cuando encerró su rostro entre las manos—. No puedo perderte —añadió bajito mientras cerraba los ojos—. Por favor, Marianne, no sé lo que haría si te perdiera. No lo soportaría.

Yacieron con los miembros enredados, él todavía vestido y ella desnuda, con los almizclados aromas de aquel coito feroz flotando en el aire.

—No lo harás —aseguró ella con suavidad.

Él supo, sin embargo, que solo estaba tratando de reconfortarle. Permaneció allí inmóvil, incapaz de vocalizar una sola palabra; vulnerable al pensar en lo que casi había ocurrido, preocupado por que ella pudiera volver a hacerlo, e indefenso para impedirlo.

—No tuve cuidado y me distraje. No volveré a hacerlo de nuevo; no me acercaré sola al mar. Lo siento mucho. ¿Me perdonas, Darius?

—¿Que te perdone? —No podía creer lo que estaba oyendo—. Te…, te amo, ¿es que no lo entiendes? ¡Te amo, Marianne! —La angustia que le oprimía el corazón resultaba casi dolorosa.

Marianne buscó sus ojos con los suyos, llenos de lágrimas, y le puso la mano en la cara.

—Lo sé, Darius. Y pienso que no deberías…

Se sintió profundamente herido por sus palabras, pero dispuesto a seguir adelante.

—¡Oh, *mia cara*! ¿Cómo podría no amarte? —Notó que le brillaban los ojos—. Eres todo lo que siempre quise, lo que he necesitado durante toda mi vida para sentirme completo —susurró—. Marianne, pienso, siempre he pensado y siempre pensaré, que eres la perfección absoluta.

Ella enterró la cara en su pecho y meneó la cabeza.

—Darius, yo no…

—Sé que no correspondes a mi amor. Lo sé, Marianne. Soy muy consciente de lo que te he hecho.

Su esposa le miró con una expresión de confusión absoluta.

—Iba a decirte que… ¡no soy perfecta! ¡Crees que soy la perfección cuando no lo soy, Darius! ¿Por qué me dices esas cosas? ¿Y qué es eso que piensas que me has hecho? —Ladeó la cabeza, vacilante.

—Te he engañado, Marianne. Te he querido durante casi toda mi vida. Anhelaba tenerte en mi cama. Quería poseerte, tomarte de todas las maneras. Deseaba tu cuerpo y tu alma desde hace mucho tiempo. Me concediste mi máximo deseo cuando te casaste conmigo y te entregaste de una manera total. Me ofreciste lo que anhelaba libremente…, pero me di cuenta de que quería todavía más; lo que tú no me puedes dar.

—¿Y qué es lo que quieres, Darius?

—Algo que no tienes para mí, sino para otro que perdiste.

—¿Amor? ¿Es mi amor lo que realmente quieres? ¿Por qué no me pides que te lo diga? He estado esperando que me ordenaras pronunciar esas palabras, pero no lo haces.

Ella hizo una pausa para mirarle, esperando, con los ojos azules resplandecientes.

Él se puso en guardia. No pensaba ordenarle tal cosa. No, no lo haría. De hecho, no pensaba volver a decirle que hiciera nada. Las consecuencias dolían demasiado. Había jugado y perdido.

—¿Por qué no me pides que te diga «te amo»? —preguntó ella—. Lo haré. Quiero hacerlo.

—No voy a hacerlo, cariño. No esta vez.

Ella comenzó a llorar.

—¿Darius?

—¡No! —gritó—. ¡No te haré eso!

—¿No me harás qué? ¿Qué me has hecho? ¡No te comprendo! —gimió ella.

—Shhh… —Le acarició la cara acercándose más a ella—. Oh, *cara*, todo esto es culpa mía. Te coaccioné… No te dejé elección para que te casaras conmigo. Hace meses que soy el propietario de todas las deudas de tu padre. Preví que acabaría arruinándose y compré todos los pagarés. Los retiré de la circulación cuando me rechazaste la primera vez. Estaba tan seguro de que eras mía, de que te tendría finalmente, que no me preocupaba el engaño. Pero, antes de que supiera lo que estaba pasando, habías capturado mi corazón. Me encontré enamorado de una mujer que esperaba que le dijera lo que debía hacer, decir, sentir…, y eso acabó siendo cada vez menos satisfactorio… para mi corazón. Podría pedirte que me dijeras que me amas, pero he aprendido que uno no puede dominar el corazón de nadie, Marianne. Esas dos palabras deben ser dadas libremente; deben estar llenas de significado. —Notó un temblor en el labio inferior—. Lamento lo que he hecho, salvo amarte. Marianne, en mi corazón, tú eres mi dueña y yo solo tu esclavo. —La besó suavemente en la frente.

Ella no dijo nada durante mucho tiempo, el silencio los engullía como un manto.

—Tengo algo que contarte, Darius. La razón por la que soy tan indigna. La razón por la que soy... así.

—¿Indigna? —«¿Cómo podía considerarse indigna?»—. No, Marianne, por favor, no digas eso...

—Darius, ¿sabes el porqué? ¿Por qué quiero tus órdenes?

—No, *cara*, no lo sé. Solo siento que las necesitas. Y me sentí atraído por ello, estaba decidido a que fueras mía. Tenía que ser yo quien te diera lo que necesitabas y, estaba tan desesperado por conquistarte que habría hecho lo que fuera. La decadencia de tu padre me lo puso fácil; demasiado fácil, la verdad.

Sabía que debía preguntarle, pero le daba miedo la respuesta. Y le dolía el corazón. Aun así, tenía que saberlo todo.

—Marianne, ¿es por... Jonathan?

Ella contuvo el aliento al oírle pronunciar el nombre.

—Sí..., es por él. Él es la razón. —Se quedó callada otra vez y el silencio se alargó, esperando las palabras.

Por fin, ella comenzó a desgranar la historia.

—Jonathan... Le fallé a Jonathan. Soy la única responsable. Es como si le hubiera matado. Su muerte fue culpa mía y confieso que es una agonía diaria. Por eso paseo por el borde del acantilado algunas veces; para recordarle e implorar su perdón... por mi error.

—¿Tu error?

—Oh, sí. Cometí el peor error posible. Mi hermano murió por mi culpa. Una decisión que yo tomé fue la causa de que muriera. En realidad, fui la causante de la desgracia de toda mi familia.

—¿Hermano? ¿Jonathan era tu hermano? —Darius pensó que el corazón se le escapaba del pecho... «¡Era su hermano!».

Ella asintió con la cabeza, pensativamente.

—Mi hermano menor. Era tan guapo... —Parecía exhausta y muy triste.

—No lo sabía. —Él suspiró aliviado—. Cariño, estás cansada y acabas de pasar por una prueba muy dura y aterradora. —Besó con reverencia sus manos heridas—. Sientes dolor. Gracias a Dios que lograste sujetarte. Tus manos son preciosas..., hermosas. —Buscó su chal y la envolvió con él antes de estrecharla entre sus brazos. Disfrutó de la calidez que transmitía su cuerpo y de la certeza de que ahora estaba a salvo, con él; que no la había perdido.

«¡Gracias, Dios mío!».

—Marianne, ¿quieres hablarme sobre Jonathan? Me gustaría conocer la historia si te sientes capaz de contármela.

Capítulo 15

La confesión

Darius se abrazó a Marianne, que se encontraba a salvo entre sus brazos; no quería soltarla nunca. Se dispuso a escuchar su historia.

—Mi padre era un hombre muy tierno y divertido cuando era joven. Me gastaba bromas diciéndome que no era posible que una hija suya fuera tan seria. Yo quería tener un hermanito y, cuando tenía seis años, mi deseo se hizo realidad. Nació Jonathan. Lo adoré desde el primer momento. Era un bebé precioso que se convirtió en la luz de nuestras vidas, pero muy testarudo. —Se le quebró la voz—. Cuando..., cuando él tenía diez años, Jonathan murió y todo cambió.

La vio ceder a las lágrimas, escondiendo el rostro en su pecho en busca de consuelo. Le gustó que ella pareciera necesitarle y la estrechó con fuerza contra el pesado latido de su corazón. Dejó transcurrir un rato antes de hablar.

—¿Quieres continuar, cariño? No conozco la historia de tu hermano. Me gustaría entender lo que ocurrió. —Esperó a que continuara mientras le acariciaba la espalda con ternura.

—Jonathan salió en un bote de remos con otros niños a pesar de que tenía expresamente prohibido hacerlo. Mi padre no se lo permitía, decía que era muy peligroso. Lo pillé escabulléndose por la parte de atrás de la casa y me rogó que guardara el secreto. —Meneó la cabeza—. Nunca pude negarle nada, así que no se lo dije a papá. Salieron en el bote… Al cabo de un rato, comenzó una tormenta sin previo aviso. Las olas hicieron volcar la barca y Jonathan desapareció… Jamás encontramos su cuerpo, el mar lo reclamó.

—¡Oh, cariño, lo siento mucho! —Fue como si surgiera el sol en un día nublado. Por fin comenzaba a entender a su esposa.

—¿Lo entiendes? Fue culpa mía. Debería habérselo dicho a papá. Él le habría impedido salir en el bote y Jonathan todavía estaría vivo. Cometí un error monumental. La pérdida de mi hermano destrozó a mi madre, que murió un año después. A partir de entonces, mi padre comenzó a beber. Intenté cuidar de él lo mejor que pude, pero tampoco conseguí salvarlo. Siempre acabo perdiendo a aquellos que amo.

—Oh, *cara*, no sabía nada de esto. Ocurrió después de que me marchara de Somerset. —La besó en la frente al tiempo que le acariciaba el pelo, enredando los dedos entre los cabellos—. Marianne, eras una cría. Fue un trágico accidente, sin duda alguna. Pero ¿cómo vas a culparte de lo ocurrido?

—Era lo suficientemente mayor para saber lo que estaba bien o mal y me asustaba decir a mis padres que le había visto escaparse. Nadie lo supo nunca. Si lo hubieran sabido me habrían odiado por ello. Tenía miedo de que, si se enteraban, dejaran de quererme y de quedarme sola… —Se interrumpió y comenzó a sollozar desconsoladamente contra su pecho.

Pasó algún tiempo antes de que pudiera continuar. Él siguió acariciándola con paciencia, sabiendo que ella seguiría contándole lo que faltaba cuando pudiera.

—Por eso me siento indigna de ti y de todo lo que tú me das. Por eso me gusta que me digas lo que debo hacer, pensar y sentir. Si tú me lo pides, no soy responsable de mis decisiones. Estoy a salvo. Puedo flotar en las sensaciones sin preocuparme de si estoy haciendo la elección adecuada. Si ocurre algo malo, no será culpa mía. ¿Lo entiendes, Darius? Por eso necesito que me ordenes lo que debo decir; me alivia esta carga de culpa que llevo sobre mis hombros.

Marianne dejó de hablar y él la abrazó con más fuerza, esperando que ella pudiera sentir cuánto la amaba. Ahora lo veía todo claro con respecto a ella. Aquel misterioso desapego que mostraba, su entregada sumisión, su naturaleza complaciente, la dificultad para aceptar regalos y demostraciones de afecto… Todo tenía sentido. Con todo eso, ella estaba tratando de expiar algo de lo que no tenía culpa.

Le habló con una calma absoluta, esperando que su razón pudiera contribuir a cambiar esa opinión de sí misma.

—Lo entiendo, Marianne, pero sé que debes olvidar esa culpa. Esa carga está matándote lentamente. No te ayudará ni ayudará a Jonathan. Él hace tiempo que te dejó y tienes una vida por delante. —La estrechó contra su pecho—. Yo te necesito y eres más que digna ante mis ojos. Lo que me has contado no cambia nada. Sigo amándote y jamás dejaré de hacerlo. Vas a tener que soportarme hasta que me vaya a la tumba.

Estuvieron en silencio durante un minuto. O quizá fuera más tiempo, ¿quién sabe? Él había abierto su corazón. Su tosca alma había quedado al descubierto, expuesta por completo. Marianne tenía muchos demonios que derrotar y solo ella podía vencerlos. Sí, él la amaba y la protegería de cualquier eventualidad, pero no podía hacer que regresara su hermano… No podía obligarla a olvidarse de la culpabilidad que sentía. El silencio se extendió entre ellos y cada segundo que pasaba su corazón se encogía un poco más.

Ella alzó la cara de su pecho y se deslizó más arriba en la cama hasta encerrarle el rostro entre sus manos suaves. Él sintió que la esperanza aleteaba en su pecho cuando Marianne comenzó a hablar.

—Y entonces llegaste tú, Darius, y me amaste. Es extraño, lo sé, pero tengo la esperanza de que ahora podré ser libre; y es gracias a ti. El accidente de hoy ha ayudado a demostrarme lo mucho que me queda por vivir. No quería morir. ¡No podía! Luché con todas mis fuerzas para volver a subir a la cornisa, peleé con todo mi ser. Tenía que vivir, ¿sabes? Hay dos razones muy importantes para ello…

Él contuvo el aliento.

—¿De veras?

Ella asintió con la cabeza, sus ojos azules resplandecían. Marianne le tomó la mano y la llevó abajo, donde le hizo presionar su vientre todavía plano.

—Debo vivir para poder ser la madre de nuestro hijo. Un niño que deseo mucho. Un bebé que amaré con ferocidad.

—¡Santo Dios! ¿Estás segura?

—Sí, Darius, vas a ser padre. —La expresión de alegría en su rostro valía para él más que cualquier tesoro, salvo el precioso regalo que ella acababa de otorgarle con sus palabras.

Se inclinó para susurrar sobre su vientre, para besarlo con ternura.

—Aquí está nuestro bebé, creciendo en tu interior. ¡Oh!, vas a ser una madre magnífica. Nuestro hijo tiene mucha suerte, ¿sabes?

Se quedó paralizado al pensar en la intensidad con la que acababa de poseerla. Un escalofrío de pánico le recorrió la espalda.

—¡Maldición! He sido muy rudo contigo. ¡Lo siento, *cara*! —Alzó la mirada desde su vientre, atenazado por el miedo—. Lamento…

—Darius, estoy bien. No me has hecho daño. Me gusta la manera en que me amas. —Marianne tiró de él para que acercara sus labios a los de ella—. Es muy pronto todavía. Tardaremos algún tiempo en tener que cambiar nuestros hábitos.

—Da igual, tengo intención de ocuparme muy bien de ti. No pienso perderte de vista y seré muy cuidadoso. —Lo vio sonreír, pero detectó algo de pesar en su expresión.

Ella supuso que sabía a qué se debía.

—Darius, ¿no vas a preguntármelo?

—¿Preguntarte qué, *cara*? —inquirió, entrecerrando los ojos.

—La otra razón. He dicho que tenía *dos* razones importantes para vivir. Nuestro bebé es solo una de ellas.

—¿Cuál es la otra razón, Marianne? —susurró sin mirarla a los ojos. Sus palabras estaban llenas de temor, pero se había obligado a hablar como si necesitara saber por encima de todo.

Siguió con la mirada baja mientras ella comenzaba a hablar.

—Darius, me gusta que me hagas sentir amada. Me encanta que me ames y me digas que soy preciosa para ti. Que necesites mi cuerpo con esa ansia feroz. Me gusta tenerte cerca y que quieras que sea la madre de tus hijos. Me lo has dado todo, incluso cuando yo pensaba que no lo merecía. Y, si bien va a resultar difícil que supere mi sentimiento de culpa, quiero intentar olvidar el pasado. Quiero aferrarme a ti, a tu amor, por nuestro bien y por nuestro hijo. —Entrelazó sus dedos con los de ella sobre su vientre—. Eres el mejor hombre del mundo, Darius Rourke, pero hay algo que debes saber…

Cambió el tono de voz y dejó que su anhelo fuera evidente.

—Mírame, Darius. Quieres mirarme.

Él alzó sus ojos oscuros y las motitas doradas brillaron con intensidad cuando concentró en ella toda su atención.

—Voy a decirte lo que quieres decir. Quieres hacerlo, Darius. Quieres… —Asintió con la cabeza con decisión—. Di: «Marianne ama a Darius con toda su alma». Quieres decirlo porque es cierto. Dímelo, Darius. ¡Di esas palabras!

Él se estremeció, le tembló el labio inferior; un brutal contraste con las afiladas líneas de su mandíbula. Aquel hombre tan atractivo, su hombre, su maravilloso, cariñoso marido, temblaba ante ella… Y ser consciente de ello hizo que se le rompiera el corazón y derramara todo el amor que sentía por él.

—Dímelo —ordenó.

—Marianne ama a Darius con toda su alma. —Dijo la frase de un tirón, sin respirar, con los ojos brillantes.

—Lo hace, sin duda. —Brindó a su marido una sonrisa que contenía todo el amor que sentía y que le parecía que irradiaba de ella como una brillante aura—. Le ama muchísimo, pues es muy fácil de amar.

—¿Se lo dirá a menudo?

Ella asintió despacio con la cabeza.

—No creo que me canse nunca de escucharlo —dijo él—. De hecho, es lo que necesito. Necesito oírlo tan a menudo como tú necesitas que yo te lo diga. Supongo que acabaremos inundándonos de declaraciones de amor.

—Me parece perfecto.

La miró con ojos brillantes.

—¡Empieza ahora!

Ella se inclinó para besarle.

—*Ti amo*, Darius —susurró sobre sus labios—. Te amo.

Él le acarició la mejilla y se acercó todavía más.

—Eres perfecta, ¿sabes? Mi Marianne. Mi amor más querido… *Il mio amore più caro.*

La bendición

Siete meses después

Darius se despertó con un sobresalto. Marianne no estaba a su lado en la cama. Dios, ¿dejaría alguna vez de sentir pánico al no encontrarla a su lado? Lo dudaba mucho. Se apoyó en los codos y escudriñó el dormitorio bajo la tenue luz que filtraba el amanecer. Allí estaba, envuelta en el chal azul, sentada en el diván, ante el fuego. Se mantenía inmóvil. Tan quieta que creería que estaba durmiendo si no tuviera la espalda tan rígida.

No apartó la mirada de ella mientras se levantaba de la cama y se ponía la bata. Notó que movía levemente los hombros, con el ritmo previsible de una respiración profunda. Se acercó muy despacio y se arrodilló en la alfombra, a sus pies. Ella no abrió los ojos, pero él supo que estaba completamente despierta. Tenía una mano apoyada en cada muslo. Él descansó la cabeza en sus rodillas y sintió el suave peso de una mano en sus cabellos. Marianne le peinó con los dedos siguiendo una rítmica cadencia entre sus mechones.

No eran necesarias las palabras. La comunicación fluía entre sus mentes y sus corazones, o eso le parecía a él. Se concentró en saborear aquel precioso instante con ella porque sospechó que estaba a punto de llegar el momento. Todo se hallaba preparado desde hacía semanas. Se habían enfrascado juntos en lecturas de libros especializados, reuniendo todo el conocimiento que pudieron recabar. Ahora solo quedaba dejarse llevar por la experiencia y la naturaleza para recorrer el mismo camino que tantas mujeres seguían desde hacía miles de años. Sin embargo, a él solo le importaba una. La suya. No la presionaría; ella le comunicaría cuándo estaba preparada.

Marianne siguió peinándole con los dedos durante cinco minutos más hasta que se puso rígida bruscamente. Él sintió que tensaba las piernas bajo su mejilla y que apretaba la rígida espalda contra el respaldo. Cerró los dedos sobre su cabello formando un puño. Permaneció así hasta que pasó la contracción y pudo relajarse.

Alzó la cabeza y la miró. Seguía con los ojos cerrados. Esperó, observando su sosegada respiración en los movimientos de su abultado vientre, donde su hijo aguardaba, a salvo, dentro de su cuerpo. De pronto, ella abrió los ojos y buscó los su-

yos. Le capturó con su mirada intensamente azul…
Era la mirada penetrante de una guerrera.

—¿Darius?

—¿Sí, *mia cara*?

—Ha llegado la hora. Avisa a la señora West,
dile que necesitamos al médico y a la comadrona.
Nuestro hijo nacerá hoy…

Las siguientes catorce horas no fueron precisamente un paseo suave para él, pero no tenía
previsto hablar de su lucha porque la fuerza que
Marianne exhibió para traer al mundo a su bebé le
dejó desprovisto, sometido, humillado a sus pies.
Se paró a considerar cómo le había mirado al amanecer cuando le dijo que había llegado el momento. Entonces había pensado que era una guerrera.
Era una metáfora muy apropiada porque se había
empleado en el combate, tan segura como hubiera
hecho cualquier soldado.

Cada vez que la observaba surcar otra contracción había sentido las gotas de sudor resbalan-
do por su espalda mientras ella le apretaba la mano
con una fuerza capaz de triturarle los huesos. ¡Su
poder era asombroso! Dios, todas las mujeres eran
asombrosas por su habilidad para crear una nueva
vida. La idea de que se las considerara el «sexo débil» era una auténtica estupidez. Quizá si los hombres que mantenían tal creencia asistieran a un parto,
considerarían que sus opiniones no se sostenían y
merecían ser revisadas.

Él soltó el aire aliviado cuando la contracción pasó y ella se dejó caer de nuevo entre las almohadas. Marianne estaba dando a luz en su cama y él permanecía a su lado, ayudándola a sobrellevar cada uno de los dolorosos espasmos a pesar del rechazo del médico y de la comadrona a permitir que el futuro padre presenciara el nacimiento. Pero no pensaba moverse de allí. Marianne le quería a su lado y él le había prometido que permanecería allí todo el rato. Era tan raro que ella le pidiera algo que, cuando lo hacía, estaba más que resuelto a darle lo que quería.

—Eres muy valiente, *mia cara*. —Le secó el sudor y las lágrimas y se inclinó para susurrarle al oído—. No queda nada. —Le apretó los labios contra la frente—. Eres muy fuerte. Respira hondo ahora, antes de que venga otra. —Miró impotente al doctor Winslow, que le sostuvo la mirada arqueando una ceja como si estuviera diciéndole: «Me gustaría que se largara de aquí de una vez». Él meneó la cabeza en un definitivo «No».

—Tengo sed —jadeó Marianne, venciendo la tensión y buscando sus ojos, haciendo que se concentrara de nuevo en ella.

—Por supuesto, *cara*. —Sostuvo un vaso de agua ante sus labios, apresurándose antes de que creciera el siguiente dolor. Solo le dio tiempo a dar dos sorbos antes de que le sobreviniera otra contracción, la más intensa hasta ese momento. Ella emitió un grito angustiado que le rompió el corazón en pedazos.

El doctor Winslow se inclinó entre las piernas de Marianne sin perder la calma.

—Ah…, aquí está. Puedo ver la cabeza… Señora Rourke, ha llegado el momento de empujar. Así, querida, tan fuerte como pueda. Su bebé quiere conocerla —canturreó—. Señor Rourke, sosténgala por favor.

Aquello fue lo más duro que hubiera presenciado nunca, pero no se lo habría perdido por nada en el mundo. La sostuvo derecha entre sus brazos, resistiendo sus lágrimas y gritos, sus empujes, odiando que tuviera que sufrir así y deseando poder soportar aquel dolor por ella.

Pero su recompensa llegó en el momento adecuado. Aquellos últimos momentos de intenso dolor que tuvo que padecer Marianne se disolvieron en la máxima alegría cuando por fin les felicitó el doctor Winslow.

—¡Enhorabuena! Tienen un hijo.

Marianne nunca había estado más hermosa; él jamás la había visto tan radiante ni había percibido más alegría en ella que en ese momento, cuando sostuvo a su hijo entre sus brazos amorosos. Él se quedó en la puerta y observó; odiaba romper el embeleso del momento. Se sentía un extraño.

Un poco antes había decidido que lo más prudente era excusarse mientras la comadrona, la señora West y Martha atendían las necesidades del posparto y bañaban al bebé. Algunas intimidades era mejor dejárselas a las mujeres, después de todo. Ahora que ya habían cambiado las sábanas y llevaba un camisón limpio, Marianne tenía el chal azul sobre los hombros. Las oscuras ondas de su pelo castaño se derramaban sobre la seda azul mar de la manera que a él más le gustaba. Los celestes ojos de su esposa, sin embargo, no se apartaban del bebé que sostenía en brazos. Se limitaba a mirarlo, totalmente encandilada y con reverencial temor. Con un pulgar, recorría la espalda del niño por encima de la manta con que le arropaba.

—¿No vas a entrar? Estábamos esperándote. —La voz de Marianne era apenas un murmullo, pero acogedora, como si sintiera su vacilación a pesar de que no había alejado la mirada del bebé—. Tu hijo tiene ganas de conocerte.

¡Oh, Dios! ¡Cómo la amaba! Qué bien le conocía... Era capaz de percibir que necesitaba que le tranquilizara, y eso hacía con tanta generosidad. Se acercó al borde de la cama y miró a su hijo. ¡Tenía un hijo! Una diminuta carita rosada rodeada de pelusilla oscura asomaba entre los pliegues de la manta; una mano en miniatura, con cinco deditos perfectos, agarraba el borde de la tela. Lo vio fruncir los labios, succionando el aire mientras soñaba en brazos de su madre. Una corriente de emociones le atravesó; nunca había pensado que pudiera sentirse así. Habían creado una persona diminuta y siempre estarían unidos por la sangre. Él daría su vida por proteger a esas dos personas. Aquella certeza hizo que le diera un vuelco el corazón.

—Es precioso. Igual que su madre.

—Igual que su padre —le corrigió ella, arrullando al bebé—. Se parece a ti, Darius.

—¿Eso piensas? —Ladeó la cabeza con una sonrisa sin dejar de mirar a su hijo, lleno de orgullo.

—Es así. He estado memorizando sus rasgos. Esa barbilla y esa frente firme son un reflejo de las tuyas. No estoy segura todavía sobre la nariz… —Se interrumpió de repente y alzó la mirada—. ¿Qué te parece si te tumbas en la cama a nuestro lado y le echas un vistazo desde más cerca?

Él se tendió junto a ellos y agradeció sentir la mullida superficie, pues su cuerpo registró de repente los efectos del duro día.

—Y, ahora, tienes que sujetar bien su cuello y acurrucarlo contra tu pecho —anunció ella, transfiriéndole el precioso bulto.

—¿Q-qué haces…? ¿Q-quieres que… le tome en brazos? —balbuceó—. Es d-demasiado pequeño y muy frágil… —Sus palabras decían que se resistía a la idea, pero su cuerpo emitía una respuesta diferente. Tendió las manos para aceptarlo y acercó el bebé a su torso.

—Sí, Darius, debes sostenerle. Y no es tan frágil.

—Oh… —Puro, inocente y perfecto amor fue lo que sintió por aquella personita nueva que tenía en brazos. Lo amó sin reservas. Rozó con un dedo aquella mano diminuta y el bebé respondió agarrándolo con fuerza—. ¡Dios mío! —jadeó sin aliento—. Tienes razón. No es frágil, siento su fuerza. ¡Es fuerte! Nuestro hijo es fuerte. Eres un hombrecito poderoso, ¿verdad, hijo? —canturreó.

Marianne se rio de él. Una risita feliz y resabiada, pero no le importó. ¡Tenía un hijo! ¡Y se agarraba a él! La vida era buena.

—¿Sabes, Darius? Vamos a tener que buscar un nombre para esta cosita.

—Solo puedo pensar en un nombre para él, *cara*.

—¿Cuál?

—¿No lo sabes? —La miró a los ojos—. Creo que sí sabes qué nombre es, Marianne. —Sonrió a la mujer que amaba—. Solo si lo deseas, pero da por hecho que creo que es el nombre adecuado para nuestro hijo y nuestro hijo para él.

Ella se apoyó en su brazo, descansando la frente en su pecho mientras estiraba la mano y rozaba con suavidad la pelusilla sedosa que cubría la cabeza de su hijo.

—Entonces, será Jonathan. Jonathan Darius Rourke. Nuestro Jonathan.

Disfrutaron juntos de la quietud, contentos de verle dormir. El aroma a bebé era pura ambrosía y flotaba en el aire, sobre ellos, cuando resonó de nuevo la voz de Marianne en la estancia.

—Te amo, Darius. Y amo a nuestro Jonathan. Os adoro a los dos.

—Y los dos te adoramos a ti, *cara*. —La besó en la coronilla—. ¿Qué tal? ¿Estás bien? Hoy has sido asombrosa, valiente, fuerte, magníf…

—… sí, soy perfecta.

Ahora fue él quien se rio.

—Nunca habías dicho nada así antes.

—Pero es cierto, ¿no? Me has preguntado cómo estoy… Pues me siento perfecta. Tengo el hijo perfecto, el marido perfecto, el amor perfecto. —Sonrió con aquella media sonrisa suya.

—¿Lo dices en serio? ¿De verdad? —preguntó él.

—Oh, sí, desde el fondo de mi corazón —repuso ella.

Darius se convirtió en un fiel creyente en las bendiciones divinas a partir de entonces. Durante los años siguientes, vivió la vida a fondo, pero siguió pensando de su esposa lo que siempre había pensado, pues en su corazón jamás cambió. Marianne siguió siendo para él como lo había sido desde el principio: hermosa y misteriosa, cariñosa y generosa, dejándole sin aliento con aquellos dones suyos que le ofrecía libremente.

Para él lo era todo y más. Marianne era su razón de ser. Había encontrado su pasión, real y perfecta. Darius Rourke sabía que era un hombre bendito.

Suma de Letras es un sello editorial del Grupo Santillana

www.sumadeletras.com

Argentina
Avda. Leandro N. Alem, 720
C 1001 AAP Buenos Aires
Tel. (54 114) 119 50 00
Fax (54 114) 912 74 40

Bolivia
Calacoto, calle 13, 8078
La Paz
Tel. (591 2) 279 22 78
Fax (591 2) 277 10 56

Chile
Dr. Aníbal Ariztía, 1444
Providencia
Santiago de Chile
Tel. (56 2) 384 30 00
Fax (56 2) 384 30 60

Colombia
Carrera 11 A, n.º 98-50. Oficina 501
Bogotá. Colombia
Tel. (57 1) 705 77 77
Fax (57 1) 236 93 82

Costa Rica
La Uruca
Del Edificio de Aviación Civil 200 m al Oeste
San José de Costa Rica
Tel. (506) 22 20 42 42 y 25 20 05 05
Fax (506) 22 20 13 20

Ecuador
Avda. Eloy Alfaro, 33-3470 y Avda. 6 de
Diciembre
Quito
Tel. (593 2) 244 66 56 y 244 21 54
Fax (593 2) 244 87 91

El Salvador
Siemens, 51
Zona Industrial Santa Elena
Antiguo Cuscatlan – La Libertad
Tel. (503) 2 505 89 y 2 289 89 20
Fax (503) 2 278 60 66

España
Avenida de los Artesanos, 6
28760 Tres Cantos (Madrid)
Tel. (34 91) 744 90 60
Fax (34 91) 744 92 24

Estados Unidos
2023 N.W 84th Avenue
Doral, FL 33122
Tel. (1 305) 591 95 22 y 591 22 32
Fax (1 305) 591 74 73

Guatemala
26 Avda. 2-20
Zona 14
Guatemala C.A.
Tel. (502) 24 29 43 00
Fax (502) 24 29 43 03

Honduras
Colonia Tepeyac Contigua a Banco Cuscatlan
Boulevard Juan Pablo, frente al Templo
Adventista 7º Día, Casa 1626
Tegucigalpa
Tel. (504) 239 98 84

México
Avda. Río Mixcoac, 274
Colonia Acacias
03240 Benito Juárez
México D.F.
Tel. (52 5) 554 20 75 30
Fax (52 5) 556 01 10 67

Panamá
Vía Transísmica, Urb. Industrial Orillac,
Calle Segunda, local 9
Ciudad de Panamá
Tel. (507) 261 29 95

Paraguay
Avda. Venezuela, 276,
entre Mariscal López y España
Asunción
Tel./fax (595 21) 213 294 y 214 983

Perú
Avda. Primavera, 2160
Surco
Lima 33
Tel. (51 1) 313 40 00
Fax. (51 1) 313 40 01

Puerto Rico
Avda. Roosevelt, 1506
Guaynabo 00968
Puerto Rico
Tel. (1 787) 781 98 00
Fax (1 787) 782 61 49

República Dominicana
Juan Sánchez Ramírez, 9
Gazcue
Santo Domingo R.D.
Tel. (1809) 682 13 82 y 221 08 70
Fax (1809) 689 10 22

Uruguay
Juan Manuel Blanes, 1132
11200 Montevideo
Tel. (598 2) 402 73 42 y 402 72 71
Fax (598 2) 401 51 86

Venezuela
Avda. Rómulo Gallegos
Edificio Zulia, 1º – Sector Monte Cristo
Boleita Norte
Caracas
Tel. (58 212) 235 30 33
Fax (58 212) 239 10 51

RAINE MILLER

es americana y vive en California. Profesora en un colegio durante el día, su tiempo libre lo dedica a escribir novelas románticas. Es autora de la trilogía erótica superventas *El affaire Blackstone,* publicada por Suma de Letras. Está casada y tiene dos hijos que saben que escribe pero que nunca han mostrado mucho interés en leer sus libros.